꿀잠 선물 가게,
기적을 팝니다

꿀잠 선물 가게,
기적을 팝니다

박초은 장편소설 ॰ 모차 그림

토닥스토리

차례

프롤로그

선선한 바람이 불어오는 아침, 꿀잠 선물 가게의 문이 활짝 열렸다. 멋진 부리와 눈썹을 가진 조수 부엉이 자자가 날개를 활짝 펼치고 가게 밖으로 나왔다.

반짝이는 빛이 꿀잠 선물 가게를 은은하게 감싸고 있었다. 추운 겨울이 가고, 따스한 봄이 다가오고 있었지만 여전히 길가엔 찬 기운이 스며 있었다. 꿀잠 선물 가게 문에 붙은 팻말에는 다음과 같이 적혀 있다.

'불면을 해결해드려요! 웰컴티는 꿀차입니다.'

가게의 한쪽 창가에는 오슬로가 정성껏 키운 화분들이 나란히 놓여 있다. 가게의 다른 한면은 전체가 유리로 되어 있어 겨울에는 소복하게 눈이 쌓이는 모습을 볼 수 있다. 봄과 여름에는 활짝 피어난 꽃과 푸릇푸릇 식물들을, 가을에는 바스락거리는 단풍을 누릴 수 있다. 유리 통창

바로 앞에는 울타리로 둘러싼 작은 정원이 있고, 정원 한쪽에는 소박한 테이블이 자리했다. 봄가을이면 오슬로는 정원으로 슬슬 걸어나가 손님과 함께 차를 마시며 이야기를 나누곤 했다.

마당으로 나온 자자는 바람이 몰고 온 나뭇잎들을 빗자루로 쓸었다.

'하여튼 영업 준비를 먼저 하는 법이 없어, 어휴!'

자자는 툴툴거리며 그렇지 않아도 뾰족한 부리를 삐죽 내밀었다. 여전히 단잠에 빠져 있는 고용주(이자 가족)인 오슬로가 얄미운 자자였다.

자자의 시선을 따라가면 살짝 열린 문틈으로 꿀잠 선물 가게의 내부가 보인다. 가게 안은 아늑하고 포근하다. 달빛시장에서 사 온 부드러운 양탄자 옆으로 벽난로가 타닥타닥 기분 좋은 소리를 낸다. 그 옆에는 오슬로 전용 안락의자와 손님을 위한 소파가 놓여 있어 편안한 느낌을 더한다. 안락의자 옆쪽으로는 벽을 꽉 채울 만큼 큰 진열장이 있다. 은은한 오로라가 감도는 듯한 진열장 속 물건들 덕분에 가게는 한층 더 신비로운 느낌을 자아냈다. 물건들은 모두 오슬로가 정성을 기울여 만든 꿀잠 아이템들이다. 크기가 큰 아이템들은 진열장 옆, 커튼으로 가린 공간에 보관되어 있다. 커튼이 흔들릴 때마다 가게는 달빛으로 일렁인다. 시간과 애정을 들여 만든 만큼 꼭 필요한 손님 품으로 가기를, 오슬로와 자자는 간절히 바라고 있다.

빗자루질을 마친 자자가 가게 안으로 들어왔다. 여전히 안락의자에 파묻혀 잠을 자는 오슬로가 보였다. 오슬로는 어느 날은 침대에 누워서 자고 어느 날은 소파에 앉아서 잔다. 어느 날은 안대를 하고 자고 어느 날은 인형을 안고 잔다. 손님을 위한 꿀잠 아이템을 만들 때만큼은 집중하지만, 그외의 시간에는 늘 졸고 있다. 도둑이 와서 꿀잠 아이템들을 모조리 훔쳐 가면 어쩌나 걱정이 될 정도

다. 그러다 손님이 문을 열고 들어오면 오슬로는 종소리에 놀라서 화들짝 잠에서 깨기도 한다. 혹시 깨어나지 못하더라도 걱정할 필요가 없다. 오슬로 곁에는 늘 든든한 조수이자 가족, 부엉이 자자가 있다. 자자는 손님이 들어와도 세상모르고 잠에 빠져 있는 오슬로의 곁으로 날아가 부리로 콕콕 찔러 그를 깨운다. 오슬로는 애써 태연한 척하지만, 꿀잠 선물 가게의 주인이 쿨쿨 자고 있던 것을 눈치채지 못하는 손님은 없다. 그래도 다행인 점은 대부분의 손님들이 이렇게 생각한다는 것이다.

'그래, 저렇게 잠을 잘 자는 사람이 파는 물건이라면 분명 나도 꿀잠을 자게 해줄 거야!'

자자는 오슬로 어깨에 걸터앉아 잔소리를 늘어놓았다.

"그만 일어나세요! 오늘은 출장 가는 날이라고요! 손님과 약속했잖아요."

"벌써 시간이 이렇게 됐네."

간신히 눈을 뜬 오슬로의 얼굴 한쪽에 목베개 자국이 선명했다. 그 모습을 본 자자는 끌끌 혀를 차면서도 슬그머니 웃음을 지었다.

오늘은 꿀잠 선물 가게의 첫 출장 날이다. 오슬로는 기대와 걱정으로 두근거렸다. 얼른 손님을 만나보고 싶었다.

새털구름 양말

＊

첫
번
째
손
님

얼마 전, 꿀잠 선물 가게로 우편이 하나 도착했다. 먹구름이 잔뜩 낀 날이었다. 날씨가 궂어서 그런지 그날따라 손님의 발길이 뚝 끊겼다. 바람이 점점 더 세차게 부는 것을 지켜보던 오슬로와 자자는 일찍 가게 문을 닫았다. 장작을 넣어 충분히 훈훈해진 벽난로 앞에서 오슬로는 손님을 위한 '달빛 모래시계'를 만들기 시작했다. 자자도 오슬로의 손끝에서 탄생하는 꿀잠 아이템을 지켜보던 중이었다. 모래시계가 제 모습을 갖추고 조수 부엉이 자자의 큰 눈이 조금씩 감길 무렵, 누군가 꿀잠 선물 가게의 문을 두드렸다.

"우편 왔습니다."

어두운 날의 방문객은 꿀잠 선물 가게가 있는 동네에서 오래 일한 집배원이었다.

"늦은 시간에 죄송합니다. 특급이라 서둘러 전해드려야 할 것 같았어요. 오랜만에 인사도 드릴 겸 문을 두드렸네요. 오늘은 영업 안 하시나봐요?"

"날씨가 궂어서 평소보다 조금 일찍 닫았어요. 오시기 힘드셨을 텐데 감사해요."

자자는 얼른 주방으로 가서 달빛시장에서 사 온 오렌지주스를 집배원에게 전해주었다.

"자자도 오랜만이구나. 잘 마실게요!"

달빛이 묻어 반짝거리는 주스를 들고 집배원이 떠나자 오슬로와 자자의 신경은 온통 특급우편으로 향했다.

"어떤 우편이길래 특급으로 보냈을까요?"

"그러게. 얼른 뜯어보자!"

○ ○ ○

안녕하세요. 저는 김수현이라고 합니다. 직접 꿀잠 선물 가게에 방문해서 이야기를 나누고 싶은 마음은 굴뚝같은데 직접 갈 수 없는 상황이네요. 며칠, 아니 몇주째 잠을 거의 자지 못해서 제정신이 아닙니다. 몸도 마음도 지쳤을 때 꿀잠 선물 가게에 대해 들었어요. 전화를 할까 하다가 그것도 용기가 나지 않아서 이렇게 글로 적어봅니다. 자세한 이야기는 직접 만나서 말씀드리고 싶어요. 제가 있는 곳으로 와주실 수 있을까 해서 편지를 보냅니다. 괜찮으시다면 아래 번호로 연락주세요.

김수현 드림

○ ○ ○

편지를 다 읽은 오슬로와 자자는 마주 보았다. 손님에게 어려운 사정이 있는 것이 분명했다. 오슬로의 눈이 반짝였다. 조수 부엉이의 크고 동그란 눈도 빛났다. 그들은 다음 날 오전에 편지 아래에 쓰인 번호로 전화를 했다.

"안녕하세요, 꿀잠 선물 가게의 오슬로라고 합니다. 이쪽으로 편지 보내신 김수현씨 맞으실까요?"

"아, 네…… 안녕하세요."

수화기 너머의 목소리는 어둡고 무거웠다.

"어떤 고민인지 직접 만나 듣고 싶어요. 손님이 계신 곳으로 찾아뵈어도 될까요?"

오슬로는 특유의 낮고 편안한 음색으로 손님에게 말했다. 그가 신뢰를 쌓는 하나의 방식이었다.

"저…… 괜히 일을 번거롭게 만든 것 같아 죄송해요. 편지를 보내놓고도 후회를 했어요."

"아닙니다. 편지를 읽자마자 그 자리에서 바로 결정했어요. 손님이 계신 곳으로 가기로요. 꿀잠 선물 가게는 도움이 필요한 모든 사람에게 달콤한 잠을 선물하기 위한 곳이고, 손님이 행복해지시기만 한다면 더 바랄 게 없답니다. 날짜와 시간을 맞춰봐요."

여자가 일러준 장소는 외곽에 있는 재활센터였다. 주변 기차역에 내려서도 꽤 들어가야 나오는 곳이었다.

"저희 기차 시간이 다가와요! 빨리 걸어야 하지 않을까요?"

자자가 재촉한 덕에 늦지 않게 나온 그들이었지만, 걸어가는 와중에도 오슬로의 눈이 감겼다. 밖에 나와서도 조는 것을 보니 아무래도 첫 출장에 대한 걱정으로 잠을 설친 모양이었다. 기차를 놓칠까 초조해진 자자는 오슬로의 어깨에 앉아 부리로 그를 콕콕 찔렀다. 졸린 눈을 비비며 겨우 기차 플랫폼에 도착한 오슬로는 자자가 들어갈 이동장을 슬그머니 들어올렸다.

"쳇, 저도 사람들이랑 똑같이 좌석에 앉고 싶다고요!"

"미안해, 자자. 사람들이 모두 멋있는 너를 안다면 이 동장에 있으라고 하지 않을 텐데 말이야."

오슬로는 잔뜩 뿔이 난 자자를 달랬다. 자자는 속이 상했는지 투덜거리면서도 순순히 이동장으로 들어갔다. 출발 안내방송과 함께 기차가 조금씩 속도를 높였다. 일정하고 반복적인 진동에 곧장 잠에 빠져든 오슬로의 규칙적인 숨소리가 들렸다. 자자는 속상했던 마음을 추스르고 기차 밖으로 흘러가는 풍경들을 살폈다.

하늘이 유독 파랬다. 드문드문 떠 있는 구름도, 바삐 날아가는 새들도 선명히 보였다. 쾌청한 하늘 아래 그림 같은 윤슬이 반짝이는 강도 지났다. 이윽고 산이 이어졌다. 빼곡히 늘어선 나무들이 힘찬 기운을 풍성하게 뿜어내고 있었다.

자자는 다른 부엉이들과 다르게 자연을 충분히 경험하지 못했기에 늘 야생에 대한 막연한 기대가 있었다. 아주 어릴 적, 뻐꾸기 둥지에서 떨어진 자자는 깨진 알 틈으로 달빛을 받았다. 신비로운 달빛의 힘이 아니었다면 아기 부엉이의 숨이 멈추었을지도 모를 일이다. 부엉이를 집으로 데려온 오슬로는 언제나 포근한 잠이 깃들기를 바라는 마음에서 '자자'라는 이름을 붙여주고 잘 보살펴주었다. 그 보살핌 속에서 자자는 꿀잠 선물 가게의 든든한 조수로서 성장할 수 있었다. 꿀잠 선물 가게는 따뜻하고 편안했지만 자연과는 멀어질 수밖에 없었다. 계절이 바뀔 때마다 느껴지는 자연의 냄새를 혼자 찾아가 보는 것이 전부였고, 다른 형제들처럼 암벽이나 바위에서 자신의 아늑한 둥지를 꾸려본 적도 없었다. 그러나 자자는 그런 삶이 부럽거나 아쉽지 않았다. 자신에게는 그것과는 다른 특별하고 소중한 경험이 많았기 때문이다. 그렇다고 하더라도 기차를 타고 자연 속 수많은 생명을 느끼니 가슴이 두근거리는 것은 어쩔 수 없었다.

"이번 역은……"

시간 가는 줄 모르고 풍경을 보던 자자는 기차에서 흘

러나오는 안내방송을 듣고 퍼뜩, 정신이 들었다. 벌써 목적지에 다 온 것이었다.

"이제 일어나야 해요! 내려야 한다고요!"

자자는 날개를 크게 펼쳐 파닥거렸다.

"벌써 다 왔네!"

서둘러 짐을 챙겨 기차에서 내린 오슬로는 주변을 둘러보았다. 이번 역에서 내리는 사람은 거의 없었다. 이동장 안에서 답답했을 자자를 얼른 꺼내 어깨에 올린 오슬로는 지나다니는 차를 휘휘 둘러보았다. 차로 마중 나오겠다던 손님의 말이 기억났기 때문이다. 오슬로와 자자는 제법 쌀쌀한 공기를 느끼며 역 앞 의자에 앉았다. 그때였다.

검은색의 승용차 한대가 그들 앞에 섰다. 차 문이 열리고 한 중년 여성이 운전석에서 내렸다. 입꼬리를 올려 미소를 짓고 있었지만, 마음의 고민은 숨길 수 없는 법이었다. 오슬로는 짧은 순간에 손님의 속상함을 읽었다.

"안녕하세요. 꿀잠 선물 가게 사장님이시죠? 저는 수현이 엄마예요. 수현이도 같이 오면 좋았을 텐데……"

"안녕하세요, 오슬로라고 합니다. 얼른 손님을 만나봐야겠네요."

오슬로의 살가운 인사에도 그녀의 얼굴은 다 펴지지 않았다.

"얼른 타세요. 수현이는 재활센터에 있는데, 여기서도 한참 가야 하거든요. 그나저나 부엉이가 귀엽네요!"

"귀엽다는 말보단 멋지다는 말을 더 좋아한다고 해주세요."

오슬로의 어깨에 앉은 자자는 단호한 목소리로 속삭였다.

"저희 조수 부엉이 자자입니다. 자자는 멋있다는 말을 가장 좋아해요."

이야기를 들은 수현의 어머니가 싱긋 웃었다. 얼마쯤 달렸을까. 시내에서 벗어나 금세 산길로 접어든 차는 어느 건물 앞에서 멈췄다. 넓은 주차공간에 차를 댄 여자는 다 왔다며 고개를 끄덕였다.

"여기예요. 저희 딸은 지금 3층에 있어요. 재활센터 분들께는 미리 말씀드렸으니 바로 올라가시면 돼요."

"어머니도 같이 가시는 거 아니고요?"

오슬로가 어리둥절하며 물었다.

"사실 수현이가 사람 만나는 걸 피해요. 저도 예외가 아니고요. 대화를 계속 시도해보고는 있는데 아마 제가 있으면 말을 더 안 하려고 할 거예요. 슬로씨가 잘 해결해 주실 거라 믿고 전 1층 로비에서 쉬고 있을게요. 잘 부탁 드립니다."

"네, 알겠습니다. 제가 잘 얘기해볼게요. 제가 다녀간 후에도 눈에 띄는 변화가 없을 수도 있어요. 모든 사람에게는 시간이 필요한 법이니까요. 그럼에도 그 시간이 아주 길지는 않게, 그저 버티고 견디는 게 아니라 점점 회복하는 과정이 될 수 있게 노력해보겠습니다."

오슬로의 말에 수현의 어머니도 조금은 밝아진 얼굴로 고개를 끄덕였다. 자자와 오슬로는 서둘러 건물로 들어갔다. 재활센터는 밝고 환했다. 두런두런 이야기 나누는 사람들도 눈에 띄었다. 곧장 엘리베이터를 타고 3층으로 올라간 오슬로는 주위를 둘러보았다. 중앙 소파에 앉아 멍하니 TV를 보고 있는 한 사람이 눈에 띄었다. 오슬로는 직감적으로 그녀가 편지를 보낸 손님이라는 걸 알아챘다.

"안녕하세요, 저는 오슬로라고 합니다. 꿀잠 선물 가게로 편지를 보내신 분 맞을까요?"

초점 없이 흐리던 눈이 서서히 또렷해지며 오슬로를 마주 보았다.

"네, 안녕하세요. 제가 김수현이에요. 옆에는 자자인가 보네요."

"다행히 생각보다 괜찮으신 것 같은데요?"

자자가 오슬로의 어깨에서 속삭였다. 자자의 말대로 수현은 괜찮아 보였다. 그러나 보이지 않는 내면의 고통이 더 큰 법이기에 오슬로는 걱정이 됐다.

"잠시 이야기할 수 있는 공간으로 갈까요?"

"네, 상담실이 따로 있어요. 제가 예약해두어서 지금 가면 될 것 같아요."

깔끔한 상담실이었다. 재활이 필요한 사람들에게 어떤 치료와 운동법이 필요한지 설명해주고, 심리상담도 하는 곳 같았다. 수현은 푹신한 의자 쪽으로 오슬로와 자자를 안내했다. 오슬로는 가져온 가방에서 커다란 보온병을 꺼냈다. 손님을 위한 아주 달고 뜨거운 꿀차가 담겨 있었다. 그가 보온병을 테이블에 내려놓자 자자가 준비해온 컵에 꿀차를 따랐다.

"벌써 시간이 꽤 지났네요. 몇주 전에 중요한 경기에서 무릎을 다쳤어요. 다친 순간엔 별거 아니라고 생각했어요. 지금까지 해왔던 것처럼, 힘들어도 다시 일어났던 것처럼 잘할 수 있을 거라고 생각했는데……"

이윽고 수현의 눈에 눈물이 가득 고였다. 오슬로는 그

런 손님을 말없이 지켜보았다.

시간이 흐르고, 훌쩍이는 소리가 잦아들었다.

"꿀차를 좀 드셔보세요. 마음이 편안해지실 겁니다."

오슬로의 말을 들은 수현은 차를 한모금씩 천천히 넘겼다.

"죄송해요. 갑자기 그때 기억이 떠오르는 바람에……"

"괜찮습니다. 슬픈 감정을 한번 쏟아내면 많이 나아지니까요. 그런데 혹시 어떤 방식으로 저희가 불면을 해결하는지 아실까요?"

"알고 있기는 하지만 그래도 한번 더 설명해주세요. 직접 듣고 싶어서요."

"저희가 드린 꿀차에는 마법이 조금 섞여 있어요. 꿀에는 사람의 마음을 안정시키는 힘이 있답니다. 조금 후에 스르륵 잠드실 수 있을 거예요. 그때 저희 조수 부엉이 자자가 손님의 꿈속에 들어갑니다. 꿈을 잘 들여다보면 잠을 잘 수 없는 이유나 고민, 후회 같은 다양한 마음들을 알아볼 수 있거든요. 저도 부엉이 수면안대를 쓰고 함께 보고 있을 겁니다. 자자가 속마음을 전부 읽을까봐 걱정하는 분도 꽤 있는데요, 저희 조수 부엉이는 잠과 관련된 부분, 그러니까 손님의 불면과 이어지는 장면만 볼 수 있어요. 손님을 괴롭게 하는 문제가 숨은 곳을 찾아보는 거죠. 자자가 모든 마음을 읽을 수는 없답니다."

오슬로는 여느 때보다 세심하고 상세하게 꿀잠 선물 가게만의 방식을 설명했다.

"말씀해주서서 감사해요. 꿀차도 너무 향긋하고 맛있네요. 오랜만에 정말 편안해요."

말을 끝마치고 그녀는 슬며시 눈을 감더니 그대로 곤히 잠에 빠졌다. 사실 꿀차에는 어떠한 마법도 들어가지 않았지만, 손님들 대부분이 안정감을 갖고 금세 잠들었다.

"꿀차에는 마법이 들어간 게 맞죠. 진심으로 손님을 걱정하고 살피는 마법 같은 마음이요."

자자는 오슬로의 어깨에 앉아 말했다. 오슬로도 자자

를 한번 쓰다듬고는 가방에서 손님에게 말했던 부엉이 수면안대를 꺼냈다.

이제 조수 부엉이의 능력을 발휘할 때였다. 날개를 펼쳐 손님의 곁으로 다가간 자자는 잠든 그녀의 머리에 자신의 머리를 살포시 맞대었다. 순간, 부엉이의 큰 눈이 까만 하늘로 변했고 수많은 별이 그 밤하늘을 빛냈다. 망토를 뒤집어 쓴 자자의 영혼이 쑥 빠져나왔다. 오슬로도 부드러운 안대를 썼다. 자자의 영혼을 통해 손님의 고민을 파악하기 위해서였다. 부엉이 안대를 쓰면 그와 자자의 영혼이 연결되어 오슬로의 눈에도 자자가 보고 있는 손님의 꿈속 세계가 함께 보였다. 편지를 보낸 손님에게 어떤 고민이 있는지 알 수 있는 시간이었다.

수현의 꿈속은 어두웠다. 얼굴에 그늘이 진 것처럼 마음에도 깊은 어둠이 자리한 모양이었다. 슬픔이 가득 차 전체적으로 습하고 눅눅했다. 자자는 더 자세히 고민을 파악하기 위해 망토를 쓴 채로 더 멀리, 낮고 빠르게 날아갔다. 이윽고 한 장면이 펼쳐졌다.

지금보다 앳된 모습의 수현이 보였다. 교복을 입은 친구들과 다르게 수현은 늘 체육복을 입고 있었다. 체육복이 땀에 푹 젖을 때까지 연습에 매진하는 수현은 단거리, 장거리, 높이뛰기, 멀리뛰기 등 각종 육상 종목을 연습하고 있었다.

키가 크고 유독 빠르고 잘 뛰어 친구들 사이에 '달리기 왕'이라고 불렸던 딸을 지켜보던 엄마는 수현이 육상을 해보고 싶다고 하자 주저하지 않고 딸이 원하는 걸 지원했다. 운동선수의 길을 걷는 수현을 응원하던 가족들은 시간이 흐를수록 수현이 어두워지는 것을 느꼈다. 시합에서 좋은 결과를 얻기란 너무도 어려웠다. 밤낮으로 피나는 노력을 했던 수현은 시합에 나가 최고의 기량을 펼치지 못했다. 잘하고 싶다는 욕심 때문인지 지나치게 긴장을 한 탓이었다.

늘 스타트가 문제였다. 수현은 단거리와 중거리를 중심으로 연습했기에 치고 나가는 힘이 중요했지만 호흡이 꼬이면 발목을 접질렸고, 마음이 무거우면 무릎을 다쳤다. 코치는 부상이 잦고 시합 성적이 좋지 않은 수현에게 일찌감치 포기하라고 다그쳐보기도 하고, 일부러 심한 말을 해서 상처를 줘보기도 했다. 그러나 수현은 포기하지 않았다. 그런 독한 제자를 지켜보던 코치도 이후에는 수현의 든든한 지원군이 되어주었다. 그렇게 길고 긴 훈련의 시간이 지났다.

소록중학교 육상대표 김수현 꿈나무 대회 금메달

수현은 드디어 꽤 큰 규모의 대회에 나가 처음으로 금메달을 목에 걸었다. 그간의 노력이 빛을 발하는 순간이었다. 수현의 부모님과 선생님, 친구들 모두 함께 기쁨을 나누었다. 그렇게 잊지 못할 한번의 경기 이후 수현은 탄

력을 받아 지역에서 개최하는 크고 작은 대회에서 상을 탔다. 물론 아깝게 입상하지 못한 경기도 많았지만 그래도 수현은 열심히 나아갔다. 노력에 대한 성과가 분명 있었기 때문이다. 시간이 지날수록 수현은 자신만의 방식으로 성장하고 더욱 단단해졌다. 그때까지만 해도 그녀의 꿈속 세계는 꽤 밝았다. 어두운 마음도 있었지만 분명 희망찬 세계였다. 그 장면을 지켜보던 자자도 흐뭇하게 웃었다.

'학교를 졸업한 건가?'

불쑥 성장한 수현의 모습이 나타나며 갑작스럽게 장면이 전환되었다. 그러면서 처음 느꼈던 눅눅한 기운이 훅 끼쳐 왔다. 수현의 고등학교 시절이 풍선처럼 떠올랐다. 이제는 노력에 더해 타고난 재능을 갖춘 친구들이 앞서 나갔다. 남들보다 더 많이, 열심히 연습했지만 기록은 계속해서 떨어지기만 했다. 진로에 대한 고민이 깊어갔다. 이미 굵직한 대회에서 이름을 날린 친구들에게 전국체전 본선 출전은 따놓은 당상이었다. 그들이 부러웠고 그렇게 되지 못하는 자신이 한심했다.

'연습에 매진하자. 이렇게 감정 낭비할 시간 없어.'

곧 전국체전 예선을 앞두었던 수현은 새벽에 일어나 훈련을 했다. 예선에서 좋은 성적을 거두어야만 본선에 진출할 수 있다는 부담감에 헛구역질까지 나왔다. 운동만큼이나 휴식도 중요하다는 것을 알면서도 조급한 마음에 스스로를 망가뜨렸다. 자신을 믿고 아낌없이 투자해 주는 가족도 눈에 아른거렸고, 늘 자신을 걱정하는 코치님에게도 자랑스러운 제자가 되고 싶은 욕심이었다. 그 마음이 점점 커져 모두 소진될 때까지 스스로를 갉아먹었다.

"과한 운동은 오히려 독이야, 수현아. 너도 알잖아. 제대로 먹지도 않고…… 영양이 공급이 안 되면 운동 효과가 없어. 잠도 영 못 자고……"

주변에서 걱정 어린 조언이 이어졌지만, 그런 이야기

들은 귀에 들어오지 않았다. 그러던 수현은 대회를 며칠 앞두고 어지럽다며 갑자기 쓰러졌다. 수액을 맞고 간신히 정신을 차린 후엔 충분한 휴식이 필요하다는 의사 선생님의 말도 무시한 채, 곧바로 퇴원을 하고 연습을 했다. 그녀를 소중하게 생각하는 사람들이 건네는 말들은 굳게 닫힌 수현의 마음에서 모조리 튕겨나갔다.

대회 당일. 수현은 한숨도 못 잔 채 경기에 참가했다.

땅!

신호가 들리자마자 순간순간이 아주 느린 장면으로 펼쳐졌다. 몇 년 전 그때처럼 스타트에서 호흡이 꼬여 발목을 다쳤고, 무거워질 대로 무거워진 마음은 무릎을 다치게 했다. 그러나 그녀는 자리에 주저앉지 않았다. 처음부터 이미 어긋난 발목과 무릎으로 멈추지 않고 뛰었다. 간신히 결승지점에 통과해 쓰러지듯 바닥으로 뒹군 수현은 큰 소리로 울었다. 그간의 노력과 아픔이 담긴 서글픈 울음이었다. 조마조마하게 지켜보던 사람들도 함께 눈시울을 붉혔다. 그렇게 경기가 끝이 났다.

마지막 꿈속 장면이 파도처럼 휩쓸려 왔다. 자자는 눈물로 가득 차 눅눅해진 장면으로 쑥 빨려들어갔다. 경기가 끝나고 병원에 실려 온 수현은 무릎 인대 수술을 받은 후 재활센터에 입원했다. 그리고 절망했다.

"이제 운동은 그만두셔야 합니다. 지금 무릎을 더 쓰면 영영 사용하지 못할 수도 있어요. 재활을 열심히, 꾸준히 해야 불편하지 않은 일상생활이 가능할 거예요. 대회 한 번으로 이렇게 다친 건 아닌 것 같고…… 이미 무릎에 부담이 있는 상태에서 심한 마찰이 생겨 인대가 파열된 것 같아요. 게다가 다친 상태에서 빠른 속도로 끝까지 가셨다고…… 안타깝지만 여기서 더 무리하시면 한쪽 다리를 평생 절게 될 수도 있어요."

지금껏 육상만을 바라보고 살던 수현은 삶의 이유를 잃었다. 다시 뛰지 못할 바엔 재활도 하고 싶지 않았고, 사람들도 만나고 싶지 않았다.

'이렇게 살아서 뭐 해. 해낸 것도 없이 끝나버렸어. 앞으로 뭘 해야 할지도 모르겠어.'

깊은 슬픔은 축축하고 차가운 물이 되어 마음을 흠뻑 적셨다. 다시 일어날 수 있다고 용기를 가져야 하는데 몸과 마음이 모두 지쳐 도저히 보송보송해지지 않았다. 잠도 오지 않았다. 재활센터는 어둡고 무거운 수현의 마음에 비해 눈이 부시도록 밝았다.

재활(再活), 다시 활동함.

동력을 잃어버린 수현에게는 맞지 않는 단어였다. 퇴근하고 매일 먼 거리를 달려 얼굴을 보고 가는 아빠와 온종일 옆에서 대화를 하려고 노력하는 엄마에게 모두 미안했지만, 도저히 웃을 수가 없어 자꾸만 사람을 피하게 되었다. 생각이 많아 도무지 잠이 오지 않는 날엔 뜬눈으로 밤을 지새우기도 했다. 복잡한 머릿속을 비우려고 인터넷 커뮤니티를 보며 무료하게 시간을 보내던 수현은 꿀잠 선물 가게에 대해 알게 되었다. 고민이 많아 잠을 자지 못하는 사람에게 꿀잠 아이템을 만들어주는 가게라고 했다. 댓글로 달린 후기들이 믿음직스러웠다. 이곳까지 와달라고 하는 게 맞을지, 과연 효과가 있을지 고민하다가도 금세 우울해져 생각을 그만두기도 했다. 그렇게 며칠을 망설이던 수현은 용기를 내서 꿀잠 선물 가게로 편지를 보내게 된 것이다.

자자의 영혼은 망토를 길게 펼치고 다시 꿈 밖으로 훨훨 날아갔다. 밤하늘처럼 까맣던 자자의 눈이 다시 부엉이의 커다랗고 동그란 눈으로 돌아왔다. 오슬로는 자자가 돌아오는 사이에 이미 부엉이 안대를 벗고 무언가를 심각하게 고민하고 있었다.

"고생했어, 자자."

"손님이 생각보다 더 많이 힘들겠어요. 저희에게 이야기해준 건 아주 일부분이군요."

자자는 아직 먹먹한 꿈속 감정에서 헤어나오지 못했는

지 눈시울을 붉혔다. 오슬로는 그런 자자의 부리를 쓰다듬었다.

"그래도 우리를 찾아줬다는 건 회복하고 싶다는 의지가 있는 거니까."

오슬로와 자자는 수현이 편하게 잘 수 있도록 상담실 옆 회복실로 자리를 피해주었다. 조금의 시간이 흘렀다. 작은 목소리로 이야기를 나누던 그들은 인기척에 다시 상담실로 갔다.

"아, 제가 잠들었네요. 이렇게 아무 생각 없이 잔 게 얼마 만인지…… 꿀차 덕분이에요. 감사합니다."

잠을 푹 잔 것만으로도 표정이 조금 밝아진 수현을 보며 오슬로는 웃음을 지었다.

"아닙니다. 제가 더 감사하죠. 주무시고 계실 동안 저희 조수 부엉이가 손님의 꿈속에 잠시 들어갔다가 나왔답니다. 그간 많이 힘들었겠어요."

오슬로의 말 한마디에 수현은 다시 예전의 기억이 떠

올랐는지 쉽게 말을 잇지 못했다. 그런 손님의 마음을 모두 안다는 듯 자자가 날아가 수현의 품에 안겼다. 수현은 작고 따뜻한 부엉이의 머리를 쓰다듬었다. 털이 부드러웠다.

"전 누군가의 도움이 간절했나봐요. 제 안에 쌓인 감정들, 그걸 밖으로 꺼내기가 무서웠어요. 달팽이처럼 숨어 있었는데…… 빠져나올 용기를 준 것만으로도 정말 감사합니다."

"저희가 한 건 이야기를 들어주는 일뿐인걸요. 수현씨에게는 충분한 힘이 있어요. 스스로를 믿고, 다시 한번 새 삶에 도전할 수 있는 힘을 얻으시면 좋겠습니다. 오늘 수현씨의 꿈을 살펴봤으니 가게로 돌아가서 알맞은 꿀잠 아이템을 택배로 보내드릴게요. 아이템에 대한 설명도 편지로 적어 보낼 테니 꼼꼼하게 읽고 사용해주세요."

아직 무릎 수술 회복이 덜 되어 보호대를 차고 있었지만 배웅하겠다며 나서는 수현의 모습에 자자와 오슬로는 마주 보고 웃었다. 반짝이는 빛이 그들을 감쌌다. 엘리베이터를 타고 천천히 병원 로비로 내려온 그들은 수현의 어머니가 멍하니 기다리는 모습을 보았다.

"엄마, 나 내려왔어."

수현의 어머니는 놀란 기색도 잠시, 이내 다가온 수현의 손을 꼭 잡았다.

"여기까지 와주셔서 감사합니다. 수현이가 1층까지 내려와서 기분이 너무 좋네요. 거의 처음인 것 같은데……"

"제가 더 감사하죠. 수현씨에게는 말씀드렸는데, 가게로 가서 꿀잠 아이템을 택배로 보내드리려고 합니다. 어머니도 너무 걱정하지 마세요. 가장 중요한 건 손님의 의지랍니다."

그렇게 역까지 모녀의 배웅을 받은 오슬로와 자자는 다시 저녁 기차를 타고 꿀잠 선물 가게로 돌아왔다. 오전에 출발했는데 벌써 깜깜한 밤이 다 되어가고 있었다. 오슬로는 가게에 도착하자마자 졸린 눈을 부릅뜬 채 진열장에서 꿀잠 아이템을 골랐다. 오슬로가 하나하나 직접 만들어 정성이 가득한 물건들이었다. 자자도 궁금한지 옆에서 꿀차를 마시며 구경했다.

"수현씨에게 적당한 꿀잠 아이템을 찾았어."

오슬로가 진열장에서 물건 하나를 꺼내며 자자에게 말하자, 자자도 그 말에 동의한다는 듯 큰 눈을 깜빡이며 고개를 끄덕였다. 은은한 빛이 꿀잠 선물 가게를 휘감았다.

고요한 밤이 지나고 아침 일찍 오슬로는 우체국으로 갔다. 꿀잠 아이템을 박스에 넣고, 준비해온 편지를 꺼냈다. 깔끔한 투명 포장지에 싸인 물건의 정체는 새털구름 양말이었다. 폭신하고 가벼워 보이는 구름이 양말의 한 부분을 장식했다. 양말은 풍선껌 같은 하늘색을 띠고 있었고 구름은 신비한 오로라 색이었다. 오슬로는 흐뭇하게 웃으며 편지를 한번 더 훑어보고는 박스에 함께 넣었다. 수현이 조금 더 행복해졌으면 하는 바람이었다.

○○○

안녕하세요, 꿀잠 선물 가게 오슬로입니다. 용기를 내주
신 덕분에 수현씨를 만날 수 있었네요. 힘드셨을 텐데 다
시 한번 고맙습니다. 자신의 상황을 해결할 의지가 있다
는 것이니 지금 겪는 모든 일은 점차 행복해지는 과정일
거예요. 센터에 다녀온 날 밤, 손님을 위한 꿀잠 아이템을
골랐습니다. 보내드리는 물건은 새털구름 양말입니다. 양
말을 신고 잠에 들면 꿈에서는 아주 가벼운 새털처럼 둥
실둥실 날아다닐 수 있습니다. 현실의 답답함을 꿈에서나
마 상쾌하게 풀 수 있다면 좋겠습니다. 무작정 현실에서
벗어나게 해주는 아이템은 아닙니다. 다만, 꿈에서 말끔
한 기분을 느끼면 깨어나서도 그 느낌이 지속될 겁니다.
자연스럽게 아팠던 자리가 아물고, 모든 것을 다시 시작
할 수 있는 용기를 얻게 되겠죠. 저는 늦은 나이에 제가

하고 싶은 일을 찾았습니다. 그에 비하면 아주 어릴 때부터 하고 싶은 것을 찾아 달려온 수현씨는 정말 대단해요. 인생의 두번째 막이 열렸다고 생각하고, 또다른 즐거운 일을 찾길 바랍니다. 저희 조수 부엉이 자자도 같은 마음이랍니다. 언젠가 다시 마음이 힘들고 지칠 땐 주저 없이 저희를 찾아주세요.

° ° °

오슬로는 특급우편으로 택배를 보내고는 흐뭇하게 미소지었다. 새털구름 양말을 신고 새로운 자신의 삶을 향해 멋지게 출발하는 수현이 보고 싶었다.

민들레 향수

전날 오슬로는 모처럼 가게 문을 닫고 종일 꿀잠 아이템을 만들었다. 오슬로는 언제나 달콤한 잠을 잘 준비가 되어 있었지만, 손님들을 위한 물건을 만들 때만큼은 달랐다. 손님들에게 달콤한 잠을 선물해주고 싶다는 생각이 강해서인지, 물건 만드는 날만큼은 눈이 반짝였다. 오히려 휴일에는 자자가 한껏 나른한 얼굴이었다. 오슬로의 작업대에서 발톱을 걸치고 큰 눈을 껌뻑이며 구경하다가 꾸벅꾸벅 졸기도 하고, 그러다 견딜 수 없어지면 침대로 날아가 달콤한 잠에 빠지기도 했다.

　어제 만들어두었던 꿀잠 아이템이 가득해서 그런지 가게가 유독 꽉 찬 느낌이었다. 진열장 옆 커튼으로 가려진 꿀잠 창고에서 향긋한 냄새가 풍겼다. 자자는 콧노래를 부르며 가게 밖으로 나갔다. 오늘 날씨는 화창하고 밝았다. 마을을 한바퀴 돌고 온 자자는 가게 앞에 쌓인 나뭇잎을 빗자루로 싹싹 쓸었다. 며칠 전 비바람으로 얼룩이 생긴 유리 통창도 걸레로 닦았다. 그러고는 가게로 들어와 창가에 있는 산세비에리아, 스투키, 달개비 각각의 화분에도 물을 주었다. 햇살이 따사롭게 식물들을 비췄다. 산세비에리아는 며칠 전부터 조금씩 힘을 잃어가기에 영양제를 꽂아두었더니 고맙다고 하는 것처럼 다시 싱싱해지는 모습이 보기 좋았다. 동네 주민들은 가게의 창문을 활짝 열고 식물을 돌보고 있는 자자를 알아보고 손을 흔들었다. 자자도 화답하듯 날개를 펼치며 부엉이만의 인사를 했다.

그사이, 오슬로도 눈을 비비며 일어났다. 기지개를 켠 그는 오늘도 힘차게 가게를 열기 위해 내부를 정돈했다. 며칠 전, 대량으로 만들어두었던 카레도 작은 냄비에 덜어서 다시 끓였다. 고소하고 진한 냄새가 풍겼다. 하루 동안 손님에게 대접할 꿀이 충분한지도 확인했다. 꿀잠 선물 가게만의 대표 메뉴인 꿀차는 달빛시장이 열릴 때마다 한가득 사 오는 꿀로 만들었다. 아직 꿀은 넉넉했으나 손님들에게도 대접하고, 자자와 오슬로도 자주 마시니 금방 동이 날 터였다. 깨끗하게 씻은 후 체크무늬 잠옷에서 체크무늬 셔츠로 갈아입은 오슬로는 자자의 몸도 물기가 있는 부드러운 천으로 닦아 주었다. 그때, 꿀잠 선물 가게의 문이 열렸다. 촉촉하게 젖은 털을 말리며 손질을 하다가 손님이 들어오는 소리에 놀란 자자는 후다닥 오슬로의 어깨로 날아갔다.

"아직 영업 전인가요? 오늘은 좀 일찍 문을 여시죠."

오늘의 첫 손님은 얇은 뿔테 안경에 흰색과 검정색이 섞인 스웨터, 부드러운 재질의 검정 바지를 입고 온 30대 중반 남자였다. 작지 않은 가방도 손에 들려 있었다.

"안 그래도 준비가 모두 끝나서 영업을 시작하려던 참입니다. 일단 이쪽으로 앉으시죠."

오슬로는 조금 당황스러웠지만 미소를 잃지 않고 손님을 창가 쪽 푹신한 의자로 안내했다. 그 틈을 타 자자는 밖으로 나가 팻말을 급하게 돌렸다.

손님용 의자 앞에 놓인 작은 테이블에는 옅은 갈색의 테이블보가 깔려 있었다. 손님이 자리에 앉자 이윽고 달콤한 향기가 꿀잠 선물 가게를 가득 채웠다. 자자가 웰컴 꿀차를 만들었기 때문이다.

"들었던 것보다 더 편안하네요. 나른해지면서 잠이 오는 기분. 다만 홍보가 잘 안 된 것 같아요. 요즘 사람들한테 먹히게끔 좀더 세련되게 마케팅해볼 수도 있을 것 같은데…… 흠 아무래도 인력이 부족하시죠? 뭐 그럴 수밖에 없죠. 조수가 부엉이니."

가게를 휘휘 둘러보는 손님의 말을 듣고 자자는 몰래

그에게 눈을 흘겼다.

'참나, 부엉이가 뭐가 어때서. 아직 열지도 않은 가게에 와서는…… 뭔 말이 저렇게 많아!'

불만 가득한 조수 부엉이의 마음을 아는지 모르는지 손님과 마주 앉은 오슬로는 여전히 미소를 짓고 있었다. 가까이서 손님을 보니 안경으로 가려진 눈동자에 피곤이 담겨 있었다. 그러나 피로해 보이는 것 이상으로 날카로운 인상을 주었다.

"손님을 무조건 많이 받는 것보다는 저희 가게를 찾아주시는 한분 한분에게 정성을 다해 달콤한 잠을 선물해드리는 게 목적이라…… 홍보는 따로 하고 있지 않아요. 물론 입소문이 나면 좋을 테지만요. 저희 가게의 불면 해결 방식에 대해서는 알고 오셨을까요?"

자자가 여전히 불만스러운 표정으로 찻잔을 쥐고 테이블 쪽으로 날아왔다. 손님의 앞에 꿀차를 내려놓고는 오슬로의 어깨 위에 착 앉았다.

"네, 알아보고 왔어요. 이 정도는 다 알고 와야죠. 다시 말씀해주실 필요 없습니다. 그런데 그 부엉이는 원래 사람 어깨에 앉아 있나요? 꽤 귀엽네요."

"쳇! 왜 귀엽대. 난 멋있는데. 아무튼 마음에 안 들어."

자자는 부리를 더 삐죽 내밀었다. 보통의 사람들이 알아듣지 못하는 자자의 말을 오슬로만이 듣고 웃었다.

"저희 조수 부엉이가 만드는 꿀차는 아주 맛있어요. 드시면서 같이 이야기 나누시죠. 멀리서 오셨나요?"

"조금 멀리 살아요. 이 동네가 교통이 불편해서 오느라고 힘들었습니다. 큰맘 먹고 몇 달 만에 휴가를 내서 왔네요. 평일에 이렇게 쉬어본 게 얼마 만인지······"

남자는 이야기를 계속 이어나갔다.

"휴가여도 마음 놓고 쉬지를 못해요. 제가 없으면 팀원들이 놀 것 같고. 뭐랄까······ 그냥 막연히 불안해요. 못 미덥다고 해야 하나? 그런 고민으로 요새 잠을 못 자요."

말끝을 흐리는 손님의 모습에서 초조함이 느껴졌다.

그가 이야기를 이어갈수록 불안한 감정들도 함께 흘러나오는 것만 같았다.

"그렇군요. 마음에 걸리는 게 있으면 아무것도 손에 잡히지 않죠. 잠도 안 오고요."

자려고 노력할수록 머리가 아프고 생각만 더 많아지는 그 기분을 손님들의 꿈속에서 몇년간 간접적으로 경험한 뒤로 오슬로도 그 고통을 이해하고 있었다.

"회사가 좋으면서도 싫고. 팀원들도 괜찮다가도 또 못 미덥고…… 말하자니 복잡하네요. 왜 이렇게 졸리지……"

천천히 꿀차를 마시며 이야기를 하던 손님의 말을 막은 건 다름 아닌 쏟아지는 잠이었다. 끝내 말을 마치지 못한 남자는 마시던 꿀차를 테이블에 올려놓고 그대로 곤히 잠들어버렸다.

"꿀잠 선물 가게가 주는 아늑함이 있나봐요. 저도 가게에서 아저씨랑 얘기하다보면 눈이 감긴다니까요?"

꿀차에는 수면제의 효능이 없다는 것을 아는 자자가

오슬로의 어깨에서 넌지시 이야기했다.

"잘 부탁해, 자자. 오늘도 힘내보자!"

자자는 오슬로의 말에 한쪽 눈을 찡긋, 하고는 잠들어 있는 손님의 머리에 자신의 머리를 살며시 갖다 대었다. 잠든 손님의 꿈속 세계로 날아갈 시간이었다. 밤하늘처럼 까맣게 물든 자자의 눈에 예쁜 손톱달이 걸렸다. 망토를 두른 자자의 영혼이 쑥 빠져나왔다. 오슬로도 자신의 안락의자로 걸음을 옮겨 부엉이 눈이 그려진 안대를 썼다.

자자의 영혼은 훨훨 날아 그의 꿈속으로 들어갔다. 차갑고 날카로운 균열이 보였다. 가뭄으로 갈라진 땅 같기도 했고, 조각난 유리 같기도 했다. 꿀잠 선물 가게를 방문하는 손님들 대부분이 슬픔과 고통에 휩싸인 꿈속 풍경을 보여주었다면, 이번 손님은 조금 달랐다. 물기 하나 없이 건조하고 뾰족한 느낌이었다. 자자는 꿈의 더 깊은 부분으로 날아갔다. 그때 한 장면이 자자의 눈앞에 펼쳐졌다.

내로라하는 대기업에 다니는 남자는 남들보다 이른 나

이에 빠르게 승진을 했다. 늘 자신이 특별하고 멋있는 사람이라고 자부했기에 당연한 결과이자 보상이라고 남자는 생각했다. 콧대가 높아질 대로 높아진 그는 평소에도 주변 사람들을 깎아내리곤 했다. 동료에게, 다른 팀 후배들에게, 입사 동기에게 힘든 경기 속에서 자신이 회사에 대단한 기여를 하고 있다고 귀에 딱지가 내려앉도록 말했다. 지친 주변 사람들은 슬슬 그와의 대화를 피했다. 마치 옥수수에 붙은 알갱이들이 떨어지고 그 자리에 길고 쓸모없는 옥수숫대만 남은 것 같았다. 그러나 그는 그런 사실을 아는지 모르는지 꿋꿋하게 자기 자랑을 했다. 그러던 와중, 회사에서 인사발령 공고가 났다.

승진 및 직책 부여
B2B사업부 대리 김동진 명 B2B사업부 과장 팀장

팀장 자리를 누가 꿰찰지에 대해 이러쿵저러쿵 말이

많던 사내 분위기가 한순간에 가라앉았다. 동진은 공고가 뜨자마자 쾌재를 불렀다.

'최연소 과장에 팀장까지. 결과로서 입증하는 법이지. 나의 진가를 다들 알았겠지?'

곧 퇴사 예정인 상사가 있음에도 눈치도 없이 발령 공고가 뜬 날부터 종일 싱글벙글해하며 주변 모두에게 이 소식을 전했다.

> ㄴ 저분이 팀장 되면 진짜 부서 분위기 안 좋아질 것 같은데. 오후 2:14

> ㄴ 그러니까요. 다른 사람 엄청 무시한다는 얘기가 있더라고요…… 큰일 났어요. 오후 2:15

> ㄴ 술자리에서 또 지 자랑하는 거 몇 시간이고 들어줘야 할 거 생각하면 벌써부터 힘들어요. 어휴, 지겨워. 오후 2:15

뒤에서 사람들이 수군거리는 걸 아는지 모르는지 동진

은 기세등등하게 동기 중 처음으로 과장이자 팀장을 달았다. 동진의 능력을 모르는 팀원들은 없었지만, 그렇다고 그를 인간적으로 좋게 평가하는 사람도 없었다. 자신의 능력을 과시하는 사람을 주변에서 좋아할 리 없었지만, 남자는 아랑곳하지 않았다.

또다른 장면이 꿈속에서 떠올랐다. 그가 팀장이 되고 처음 맡은 일은 조직 개편이었다. 사업부에 속한 팀원 각자의 개인 역량을 분석하고 그에 맞는 업무를 배분하는 것이었다. 동진은 면담을 통해 각자의 업무를 생각해두기는 했으나 팀원 개인의 역량은 동진에게 그리 중요한 건 아니었다. 잘난 건 오직 자신뿐이었기 때문이다. 그렇기에 크게 고민하지 않고 조직 개편을 완료했다. 몇달이 지났다. 이상하리만치 동진의 팀에서 새롭게 개발 중인 프로젝트는 성과를 내지 못했다. 날이 갈수록 결과는 부진했다. 동진은 점점 더 조바심이 났다.

'내가 좀 더 열심히 해야 하나……'

'옆 팀 사람들은 그렇게 일을 똑 부러지게 잘한다던데! 우리 팀은 뭐 하고 있는 거야?'

회사의 간부로 누구보다 빠르게 올라가고 싶은 목표를 가진 그였기에 성과에 목을 맬 수밖에 없었다. 하루는 감기가 심해 오전에 반차를 내고 점심시간을 조금 넘겨서 출근했다. 그런데 팀원들이 아무도 사무실에 없었다. 화가 난 동진은 부서 단체 채팅방에 메시지를 연달아 남겼다.

ㄴ 최근 다른 팀들보다 부진한 거 아시죠? 지금 같은 상황이면 더 열심히 해도 모자랄 판인데…… 점심시간이 벌써 10분이나 지났습니다. 다들 어디 계시죠? 오후 1:11

ㄴ 오다가 봤는데 다른 팀은 이미 한창 업무 중이던데요. 그리고 김대리님, 며칠 전에 제가 부탁드렸던 분석 자료 완료되었나요? 기한이 오늘입니다. 퇴근 전까지 부탁드려요. 오후 1:12

└ 참, 현정씨. 신입인데 벌써 이렇게 점심시간 훌쩍 넘겨
서 커피 마시고 들어오는 거 보기 안 좋습니다. 오후 1:14

하나둘 메시지를 확인한 팀원들은 아차 싶었는지 다들
숨을 죽인 채 사무실로 들어왔다. 아무도 그에게 몸은 어
떤지, 점심은 먹었는지 물어보는 이가 없었다. 동진은 속
이 상하면서도 짜증이 났다. 답답한 마음에 그는 팀원들
의 일도 자신이 맡아서 했다. 그런 동진의 아래에서 팀원
들만 죽을 맛이었다. 능력이 있는 팀장이라는 것도 처음
에만 인정했지, 점점 그에 대한 신뢰도 바닥이 났다.

└ 며칠 전에 다른 팀장한테 가서 저랑 옆 부서 최대리랑
바꾸면 안 되냐고 했다더라고요. 진짜 퇴사하고 싶어요.
오전 9:45

└ 허, 정말요? 저도 비슷한 얘기 들었어요. 팀원들이 전부
마음에 안 든다고 했다네요. 누군 자기가 좋아서 여기

있는 줄 아나? 참나. 오전 9:48

ㄴ 사람은 별로여도 능력이 있는 줄 알았는데 다 떠나서 인
성이 문제네요. 같이 일을 하는 게 팀이지, 자기만 일하
려고 했으면 혼자 나가서 회사 차려야죠. 이러면 누가
같이 일을 하고 싶겠어요? 오전 9:50

팀원들은 메신저로 그를 흉봤다. 그도 그럴 것이 동진
은 팀원들을 신뢰하지 못한다는 것을 숨기지 않고 팍팍
내비쳤다. 보고서에 밑줄을 쳐가며 무엇이 부족한지 다
른 사람들 앞에서 지적했다.

"이거 제가 대신 할게요. 이런 식으로 해오면…… 두번
일해야 해요. 그냥 안 하는 게 도와주는 수준이네. 자리로
가요."

동진은 다들 들으라는 듯 크게 한숨을 쉬기도 했다. 앞
에 있는 사람은 눈치가 보이고 주눅이 들기 마련이었다.
어떤 때는 아예 이렇게 써오라며 제출할 보고서의 목차와

내용까지 모두 정해주었다. 퇴근시간이 되어도 동진이 고개를 푹 숙이고 일을 하고 있어 팀원들은 먼저 나가기가 불편했다. 그에게 팀원은 믿을 만한 동료가 아니라 자신의 목표에 방해가 되는 거추장스러운 존재였다. 점점 B2B사업부에는 균열이 생겼다. 팀장과 팀원들 사이에 갈등이 생기니 결과는 더욱 안 좋을 수밖에 없었다. 그렇게 두번째 장면이 스르륵 사라졌다.

자자는 인내심을 가지고 동진의 마지막 꿈속 장면을 가만히 들여다보았다. 조금 기다리자 날카롭고 뾰족한 장면이 아닌 어둠으로 가득 찬 장면이 자자를 덮쳤다. 그는 사람들이 퇴근하고도 밤새 혼자 남아 일을 했다.

'나 혼자 일 다 하는데 팀원들은 대체 뭐 하는 거지? 이렇게 능력들이 없어서야. 쯧.'

'그나저나 이번 프로젝트가 인사평가 마이너스 요소가 되면 안 되는데……'

'난 지금까지 잘해왔잖아. 문제는 내가 아니라고!'

그의 속마음이 둥실 떠올랐다. 피곤한 몸을 이끌고 집으로 돌아간 동진은 심란한 마음에 뒤척이다 겨우겨우 잠이 들었다. 오랜만에 꿈을 꿨다. 어릴 적 처음으로 상장을 받던 순간이 나왔다. 그때의 마음이 생생하게 되살아나며 벅차고 기뻤던 감정이 그대로 느껴졌다. 그러나 꿈에서 깬 뒤에는 다시 조급함과 답답함이 그를 감쌌다. 그리고 다시 회사로 출근하는 무거운 동진의 어깨가 보이며 그렇게 꿈은 끝이 났다.

자자는 그제야 큰 눈을 깜빡이고는 망토를 활짝 펼쳐 꿈 밖으로 날아왔다. 손톱달이 떠 있던 부엉이의 눈이 다시 원래대로 돌아왔다. 세상모르고 자고 있는 손님의 머리에서 자신의 머리를 뗀 자자는 오슬로를 쳐다보았다. 오슬로는 이미 안대를 벗고 꿀잠 아이템들이 보관된 진열장 앞에 서 있었다. 자자는 얼른 그쪽으로 날아갔다.

"이번 손님에게는 어떤 선물이 어울릴까요?"

"그러게…… 팀원들이 보기엔 나쁜 팀장이겠지만 사

실 자신이 부족하다는 것을 인정하고, 도움을 요청하는 게 어려운 사람인 것 같아. 아직 이 문제를 스스로 깨닫지 못한 것 같고. 그걸 알려줄 수 있는 물건을 찾아주고 싶은데……"

아이템을 살펴보던 오슬로는 눈을 빛냈다.

"그래, 어제 만들어두었던 그걸 추천해드리면 되겠어!"

오슬로는 좋은 향기가 감도는 꿀잠 창고로 들어가 상자를 하나 꺼냈다.

"제가 언제 잠들었죠?"

오슬로가 물건을 꺼내 테이블에 올려놓는 사이, 손님이 잠에서 깼다.

"아까 말씀하시다가 스르륵 잠드셨어요. 잘 주무셨어요? 손님이 주무시는 동안 저희 조수 부엉이 자자가 손님의 꿈속에 잠시 들어갔다 왔답니다."

"개운하네요. 근데 혹시 이 꿀차가 뇌세포를 죽이거나 기억력을 감소시킨다거나…… 그러진 않겠죠? 사람을 졸리게 하는 성분이 있는 거 보니까 걱정되네요.”

“아닙니다. 염려 마세요. 그저 손님의 마음을 진정시킬
수 있도록 도와주는 것이니 걱정하지 않으셔도 됩니다.”

자느라 비뚤어진 안경을 고쳐 쓰며 말하는 동진에게
오슬로가 싱긋 웃으며 말을 이었다.

“꿈을 통해 손님의 고민을 보았어요. 추천해드릴 물건
이 있는데 이걸 한번 봐주시겠어요?”

오슬로는 테이블에 올려두었던 상자를 손님 쪽으로 살
짝 밀었다. 각진 상자를 열자 호리병 모양의 향수가 나왔
다. 겉에는 노란 민들레가 두송이 그려져 있었다.

“이건 민들레 향수예요. 어린 시절의 사소한 기억들을
떠올리게 해준답니다. 작은 칭찬도 세세하게 떠오를 거
예요. 스스로 뿌듯했던 순간들도요. 자기 전에 손님의 머
리 위에 한번 뿌려주세요. 당장은 효과가 없을 수도 있겠
지만 어느 순간부터 잠을 자고 일어나면 조금씩 자신감이
생기는 것이 느껴질 거예요. 손님에게 필요한 건 스스로

에 대한 확신이에요. 자기 자신을 먼저 믿어야지만 다른 사람을 믿을 수 있는 법이니까요."

동진의 꿈속을 지켜보다가 그가 어린 시절 받았던 칭찬에 대한 기억이 각인되어 있다는 것을 발견한 오슬로였다. 그 순간이 동진에게 기쁨을 준다는 것에 힌트를 얻었던 것이다.

"무슨 말씀이신지…… 전 지금도 저에게 확신이 있어요. 믿을 건 제 능력뿐이라고요."

까칠하긴 해도 차분했던 동진이 갑자기 이상하리만치 화를 냈다. 그런 동진을 보며 오슬로는 다시금 확신했다. 자신도 모르게 자신을 속이고 있는 부분. 그걸 민들레 향수가 일깨워줄 것이다.

"꿈속에서 동진씨가 얼마나 능력이 있는 사람인지 봤어요. 능력이 부족하다는 것이 아니니 저를 믿고 이 향수를 한번 사용해보시는 게 어떨까요?"

"하, 참. 내가 지금까지 얼마나 이룬 게 많은 사람인데……."

여전히 씩씩거리는 동진이었지만 오슬로는 침착하게 남자를 설득했다.

"맞아요, 동진씨가 굉장히 멋진 사람이라는 것을 저도 꿈에서 봐서 압니다. 사용하시다가 문제가 있거나 효과가 없다고 생각하시면 언제든지 와서 환불하셔도 괜찮으니 속는 셈 치고 자기 전에 몇번 사용해보세요."

"알겠습니다. 그럼 일단 사볼게요."

시종일관 차분한 오슬로의 태도에 감정이 격해진 자신의 모습이 창피했는지 동진이 헛기침을 했다. 그러자 오슬로도 밝게 웃으며 고개를 끄덕였다. 남자는 조금씩 흘러내리는 얇은 뿔테 안경을 다시 추켜올리고 값을 지불한 후 가게를 나갔다. 빠른 발걸음이었다.

○○○

동진은 꿀잠 선물 가게에서 아이템을 추천받고 왜인지 모르게 잔뜩 화가 났다. 그 이유는 자신도 설명하기 어려웠다.

'오늘 휴가를 썼으니까…… 내일은, 보자, 알람을……'

어차피 잠을 뒤척이며 일찍 일어날 것을 알았지만 괜히 더 조급해진 마음에 알람을 평소보다 30분 일찍 맞추어두었다. 깨끗하게 씻고 난 다음 내일 출근할 때 입을 옷까지 옷장 한쪽에 가지런히 정돈해두었다.

'아차, 자기 전에 뿌리라고 했지.'

침실로 걸음을 옮기려던 그때, 거실 테이블에 대충 올려둔 상자 속 민들레 향수가 생각났다. 동진은 포장 상자를 열었다. 노란 민들레가 마음에 들지 않았다.

'그래도 뿌리라고 했으니…… 뭐 달라지겠어? 며칠 뒤에 환불해야겠다.'

동진은 속는 셈 치고 머리 위로 향수를 칙 하고 뿌렸다. 포근하고 편안한 향이었다. 동시에 어디선가 맡아본 듯한 익숙한 향이 동진을 감쌌다. 그리고 이상한 일이 일어났다. 어떤 걱정이나 잡생각 없이 침대에 눕자마자 그대로 잠들고 만 것이었다.

그날 밤, 꿈을 꿨다. 기억도 나지 않는 초등학생 때, 학교에서 수학 시험을 친 날이었다. 동진은 아쉽게 두개를 틀려 90점을 맞았다. 95점을 맞은 친구가 한명 있었고 100점을 맞은 친구가 한명 있었다. 동진과 같은 점수를 받은 친구는 다섯명. 공동 3등이긴 했지만 그래도 3등을 했다는 기쁜 마음에 동진은 얼른 학교가 끝나기를 기다렸다.

"엄마! 나 반에서 3등 했어! 90점이나 맞았어!"

헐레벌떡 집으로 뛰어가 시험지를 엄마 앞으로 내밀었다.

"1등은? 1등은 몇점이야? 100점이 있어?"

"어? 으응…… 우리 반에 정우라고…… 근데 내가 저번에 국어 시험은 정우보다 잘 봤어!"

예상과는 다른 엄마의 반응에 동진은 당황스러웠다.

"그래, 잘했어. 90점도 대단한 거지. 근데 동진아, 오늘 수학 학원 가는 날 아니야? 얼른 가서 공부해. 다음엔 100점 맞아야지, 우리 아들."

엄마는 뒤늦게 칭찬을 해주었다. 그리고 동진이 학원으로 가자마자 동진의 어머니는 담당 선생님에게 전화해 아이에게 신경을 더 써달라고 했다. 이후 엄마의 심드렁한 반응을 몇번 더 겪고 나서 동진은 90점을 맞은 시험지는 집으로 들고 가지 않게 되었다. 만점을 받아야 부모님은 잘했다며 엄지를 추켜세워주곤 했으니까.

알람 소리가 귓전에 울렸다. 동진은 눈을 번쩍 떴다. 꿈이 너무 생생해서 혼란스러웠다. 다음 날도, 모레도 민들레 향수를 뿌리고 잠이 들자 비슷한 꿈을 꿨다. 향수는 자신이 어릴 적 칭찬받고 뿌듯했던 기억들을 보여주었지만, 그와 동시에 자괴감에 빠지고 자신에게 의구심을 가지던 어릴 적의 모습을 그대로 무의식에서 끌어왔다. 커가면서 사람을 학벌과 재능으로만 평가하고 저울질하는 지금의 모습까지 말이다. 주위 사람들을 믿지 못하는 건, 결국 자신을 믿지 못하는 것이었다. 사실 동진 역시 어렴풋이 알고 있었다. 남들에게 자신의 이야기를 크게 부풀리고, 더 대단한 것처럼 말했던 건 스스로에 대한 자신감이 없었기 때문이라는 것을 말이다. 그러다보니 자신이 정말 할 수 있는 것과 할 수 없는 것을 구분 짓는 게 두려웠다. 직장 생활은 두려움의 연속이었다. 동진은 그걸 숨겨야 했다.

'한 사람, 한 사람의 역량을 제대로 파악해서 업무를 나누고 배치했더라면 더 큰 성과를 얻을 수 있었을 텐데.'

동진도 팀장으로서 자신이 부족한 부분을 알고 있었다. 후회하는 마음을 내비치는 것이 부끄럽고 자존심 상했다. 그래서 팀원들에게 모진 말을 해댔다. 그 말은 어쩌면 스스로에게 하는 이야기였을지도 모른다. 꿀잠 선물 가게에서 사 온 민들레 향수를 사용한 지 벌써 2주가 지났다. 동진은 그제야 자신의 모습을 조금씩 인정하며 닥친 문제를 어떤 식으로 풀어나가야 할지 고민했다.

'지금이라도 팀원들에게 도움을 요청하자. 나 혼자서는 불가능해.'

자신의 치부를 드러내야 한다는 생각에 한숨도 잘 수 없었지만, 굳게 마음을 먹자며 스스로를 다독였다.

다음 날 아침, 팀 전체 회의가 있는 날. 그사이 팀의 분위기는 더욱 안 좋아져 팀원들의 굳은 표정이 역력했다. 동진도 그런 사실을 모르고 있지 않았다. 떨리는 마음을 애써 진정하고 침착하게 입을 열었다.

"아…… 여러분, 제가 드릴 말씀이 있어요. 모두 계신 자리에서 꼭 말씀을 드리고 싶었는데요. 제가 그간 팀장으로서 역할을 제대로 해내지 못했어요. 능력 부족이죠.

그래도 믿고 따라와준 여러분 덕분에 여기까지 왔어요. 지금까지 제가 부족하다는 걸 인정하고 싶지 않아서 여러분 탓으로 돌려왔습니다. 그동안 상처받은 분들도 많으실 거 압니다. 앞으로는 저에게 해주실 말씀 있으면 다 솔직하게 해주세요. 어떤 점이 부족하고 또 어떤 부분을 원하는지. 그동안 정말 미안했어요.”

동진은 말을 마친 후 고개를 푹 숙였다. 처음엔 어처구니없다는 듯이 혹은 무슨 바람이 불었기에 저러나 싶어 심드렁하던 팀원들이었지만, 동진의 솔직한 마음이 전달될수록 그에게 집중했다. 그가 팀원들에게 신뢰를 주기 위해서는 아직 노력이 많이 필요할 터였다. 그러나 동진의 고백으로 심어진 작은 씨앗은 거친 땅에서 노란 민들레로 자라날 힘이 있었다. 내내 어둡고 침침하던 사무실에 이제야 밝은 햇살이 한줌 들어왔다.

기억의 팔찌

오늘은 보름달이 뜨는 날이다. 달빛시장이 열리는 날인 동시에 꿀잠 선물 가게가 휴무인 날이기도 하다. 느긋하게 일어난 오슬로는 밀린 빨래를 돌리고 창틀과 문틈 사이사이까지 깨끗하게 청소했다. 가게는 오슬로와 자자의 집이기도 했지만, 동시에 손님들이 편하게 쉬다가 가는 공간이기도 했기에 청소에 늘 진심인 그들이었다.

"오늘은 휴일이니 맛있는 빵을 구워주세요!"

"좋아. 내 레시피북이 어디 있지?"

뒤적뒤적 주방의 서랍을 뒤지던 오슬로가 레시피북을 찾고 방긋 웃었다. 그러고는 이것저것 재료들을 꺼냈다.

중력분과 베이킹파우더를 각각 체에 곱게 걸러 담아둔다.

각 분량에 맞는 소금과 설탕을 넣고 고운 가루들이 잘 섞이도록 저어준다.

잘 섞었다면 차가운 버터를 쓱쓱 썰어 넣어준다.

버터가 가루들과 잘 섞였는지 확인한 뒤 우유와 계란, 생
크림을 넣는다.

반죽을 한덩이로 꼭꼭 뭉쳐 묵직하게 완성한다.

소분하여 1시간 정도 냉장고에 넣었다가 꺼낸 다음 반죽
겉에 계란과 우유를 바른다.

오븐에 넣고 고소하고 달콤한 향기가 솔솔 날 때까지 돌
린다.

겉은 바삭하고 속은 촉촉한 버터 스콘 완성!

오슬로는 완성된 빵을 오븐에서 꺼내 잠시 식혔다. 따
끈따끈한 스콘의 냄새가 꿀잠 선물 가게를 향긋하게 감쌌
다. 자자는 홀린 듯이 주방으로 날아와 빵을 콕, 쪼아 먹
었다.

"조금만 기다리면 꿀차도 금방 만들어서 줄게."

오슬로는 잘 먹는 자자가 예뻐 부드러운 깃털을 몇번 쓰다듬고는 얼른 꿀차를 타서 식탁으로 가져왔다.

"오늘따라 스콘이 더 고소하고 맛있어요! 이 정도면 꿀잠 선물 가게가 아니라 베이커리를 열어야 할 것 같은 데……"

자자 말대로 오늘의 식사는 꽤 성공적이었다. 빵과 차를 맛있게 먹고, 오슬로와 자자는 밤이 깊기를 기다렸다. 큰 보름달이 뜨려면 아직 시간이 꽤 남았기에 주위가 새카맣게 변할 때까지 기다리는 수밖에 없었다. 오슬로는 남은 시간 동안 달콤한 잠을 잘 수 있다는 생각에 신이 났다.

'드디어 꿀잠에 빠져들 수 있겠군! 정말 어디든 머리만 닿으면 잘 수 있……'

소파에 앉아 부엉이 수면안대를 착용하던 오슬로는 한쪽 눈을 채 가리지 못하고 그대로 잠들어버렸다. 그 모습을 실시간으로 지켜보던 자자도 풉 하고 웃음을 터뜨렸다. 오슬로가 설거지를 마치고 신난 발걸음으로 소파로 향할 때부터 이미 예상하던 장면이었다. 오슬로가 깊은 잠에 빠져들자, 자자는 부리에 보습크림을 바르고 깃털을 다듬었다. 보송보송하고 윤기 나는 털이 자부심인 자자였기에 푸석거리는 깃털은 용납할 수 없었다.

'오늘은 달빛시장에 갈 때 나의 멋짐을 한층 더 뽐낼 수 있겠어!'

무슨 재미있는 꿈을 꾸는지 활짝 웃으면서 자던 오슬로의 곁으로 아주 캄캄한 밤이 찾아왔다. 끔벅끔벅 졸던 자자도 차가운 밤의 기운을 느끼고 일어났다. 신선한 공기를 마시기 위해 가게 밖으로 나간 자자는 평소와 조금 다른 느낌을 받았다. 보름달이 뜨는 날 밤에는 달의 강력한 힘이 자자를 끌어당기곤 했는데 오늘은 이상하게 평소보다 그 힘이 약했다. 자자는 나무에 앉아 고개를 갸우뚱거리며 하늘을 올려다보았다. 동그랗게 떠 있는 달이 보였다.

'보름달은 맞는데……'

자자가 하늘을 빤히 바라보던 그 순간, 달이 왼쪽부터 점차 어두워지며 붉은빛을 띠기 시작했다. 당황한 것도 잠시, 자자는 이 현상이 부분월식이라는 사실을 금세 알아챘다. 월식은 달이 지구의 그림자에 가려 달의 일부 또는 전체가 보이지 않는 현상이었다. 자자는 오슬로가 차근차근 설명해주던 순간을 기억해냈다.

'앗, 이러면 달빛시장은? 달빛시장은 열리는 건가?'

어릴 때 이후로 처음 보는 광경이었기에 자자는 일단 오슬로를 깨우기로 했다. 자자가 가게로 황급히 날아 들어왔다. 그러고는 녹은 아이스크림처럼 소파에 늘어진 오슬로를 발톱으로 콕콕 찔렀다. 그의 안대도 부리로 살짝 들어보았다.

"지금 부분월식이 일어나고 있어요. 어릴 때 저한테 얘기해주셨잖아요! 붉은빛을 띠는 달이요!"

자자는 비몽사몽인 오슬로를 계속 깨우며 크게 말했다.

"어, 오늘 부분월식이구나. 안 그래도 며칠 전에 뉴스에서 본 것 같기도 하고……"

"그럼 미리 말을 해주셨어야죠! 저희 이번에 필요한 재료들이 많은데…… 달빛시장이 안 열리면 큰일이라고요!"

자자가 날개를 크게 펼치고 씩씩거리며 열을 냈다.

"자자야, 괜찮아. 진정해. 달빛시장이 그대로 열릴 수도 있어. 만약 안 열린다면 내일 동네 골동품 가게로 가면 되지."

오슬로의 느긋하고 여유로운 성격이 빠릿빠릿하고 계획적인 자자를 가끔 답답하게 했지만, 또 한편으로 급한 마음을 차분하게 가라앉혀주기도 했다. 때때로 투덜대고 눈을 흘기긴 했어도 자자는 오슬로에게 의지할 때가 많았다.

"그…… 그렇겠죠? 그럼 저희 일단 올라가봐요!"

자자는 날아오를 준비를 했다. 창문을 열자마자 차가운 밤바람이 부리를 스쳤다. 오슬로도 필요한 재료들이 적힌 리스트를 손에 꼭 쥐었다.

오늘따라 몹시 조용하고 어두운 밤이었다. 구름 사이를 지나 점점 더 위로 올라갔다. 오슬로는 중간중간 아래를 내려다보며 꺼지고 켜지는 다른 도시의 가로등을 구경했다. 계속해서 올라가다보니 어느새 자자의 몸이 커져 있었다. 오슬로는 자자의 발에 올라타서 주위를 둘러보았다. 평소 같았다면 조금만 올라와도 반짝이는 오로라가 자자와 오슬로를 반겼을 텐데 오늘은 어둡기만 했다. 자자도 두리번거리며 입구를 찾다가 희미한 불빛을 발견하고 그쪽으로 얼른 날아갔다. 곧이어 자자는 망설임 없이 평소보다 약한 빛을 뿜어내는 오로라포털로 몸을 쑥 넣었다. 따뜻한 기운이 그들을 감쌌다. 시장 안으로 들어온 것이었다. 그런데 평소와 다른 풍경이 펼쳐졌다. 보통의 날이었다면 주변에 '달빛시장'이라고 쓰여 있었을 텐데, 팻말이 보이지 않았다. 물건을 파는 달토끼들도 하나같이 검은 옷을 입고 어디론가 분주하게 향했다. 오슬로는 달토끼를 붙잡고 물었다.

"안녕하세요. 혹시 시장이 열리지 않는 날인가요?"

"오늘은 달빛시장 대신 블랙시장이 열리는 날이에요. 부분월식이 있는 날이어서요. 저희도 오늘은 물건을 파는 대신 원래의 달 모양을 유지하기 위해 각자의 일을 하는 중이랍니다."

말을 마친 달토끼는 바쁜지 다시 깡충깡충 뛰어갔다. 자자는 토끼의 이야기를 듣고 다시 주위를 훑어보았다. 시장에서 자주 만나는 단골손님들이 보이지 않았고 몇몇 달토끼들만이 한쪽에서 음식을 팔고 있었다. 오슬로와 자자는 그곳을 기웃거리다 신기한 것을 발견했다. 꿀이었다. 달빛시장의 꿀은 몹시 샛노랗고 진한 황금색이었는데, 오늘 시장에 나온 것은 새까맣게 반짝이는 검은 꿀이었다. 마치 꿀에 은하수가 펼쳐진 것 같았다.

"검은 꿀이라니!"

"그러네요…… 오늘은 꿀만 사 가요."

눈을 빛내는 오슬로와 다르게 자자는 시무룩했다.

"아쉽지만 어쩔 수 없지. 내일 가게를 열기 전에 잠깐 골동품 가게에 들러야겠어. 너무 걱정하지 마, 자자."

자자는 실망한 기색을 애써 감췄다. 더 둘러봐도 더이상 살 건 없어 보였다. 사과 네알을 쌓아놓은 크기였던 자자는 커다란 몸집으로 오슬로의 옷깃을 단단히 잡고 다시 빠르게 가게로 내려왔다. 오슬로를 안전하게 땅에 내려준 자자는 어느샌가 다시 작아져 그의 어깨에 착 걸터앉았다. 그러고는 안으로 들어오자마자 꺼져가는 벽난로에 장작을 더 집어넣었다. 블랙시장에서 사 온 검은 꿀이 궁금했기에 오슬로는 얼른 꿀차를 만들었다.

"평소보다 꿀을 적게 넣었는데도 훨씬 맛있네? 다음 달빛시장이 열리기 전까지 손님들에게 대접하기 좋겠어."

"그러게요. 달기만 한 게 아니라 쌉싸름한 맛도 나요. 다음 블랙시장이 열리면 무조건 꿀은 사 와야겠어요."

장작 덕분에 가게가 훈훈해지고 꿀차 덕분에 얼어 있

던 몸도 녹아내렸다. 잠이 솔솔 쏟아지는 깊은 밤이었다.

　"얼른 일어나자, 자자야!"

　늘 느긋한 오슬로였지만 오늘만큼은 마음이 급했다. 가게를 여는 시간을 조금 늦추고 동네 가게에 들르려고 했기 때문이다.

　"나 원 참…… 해가 서쪽에서 뜨겠네요."

　말은 이렇게 해도 오랜만에 일찍 일어난 오슬로를 보고 자자는 슬며시 미소 지었다. 서둘러 준비를 마친 그들은 가게를 나섰다. 꿀잠 선물 가게의 큰 창문을 통해 보이는 산책로를 쭉 따라가다보면 상가들이 모인 마을 중심에 도착한다. 고소한 커피 향이 풍기는 카페와 계절에 어울리는 옷들을 걸어두는 옷가게, 알록달록 향긋한 꽃을 파는 가게까지. 평화롭고 조용한 마을이 점차 활기를 띠는 시간이었다. 오슬로는 지나가는 동네 주민들과 인사를 나누며 길을 걸었다. 자자도 오슬로의 어깨에 앉아 큰 눈을 깜빡이며 인사했다.

도착한 곳은 마을의 오래된 골동품 가게였다. 오슬로가 이 마을에서 태어나서부터 꾸준히 봐왔던 곳이었다. 늘 환하게 웃고 있는 사장님이 손님들을 반갑게 맞이해주는 곳이기도 했다. 학창시절부터 심심하면 가게에 들러 뭔가를 만들 재료를 사곤 했기에 달빛시장에서 팔지 않는 재료들은 여전히 이곳에서 사 왔다.

"안녕하세요. 저희 왔습니다, 사장님!"

오슬로가 밝은 목소리로 인사하며 문을 힘차게 열었다.

"아이고, 어서 와. 잠도 많은 사람이 평소보다 일찍 왔네?"

나이가 지긋한 사장님은 방문할 때마다 인자한 웃음을 짓고 있다. 사장님은 밝은 갈색의 작업용 앞치마와 체크무늬 셔츠를 즐겨 입어서인지 얼핏 보면 오슬로와 같은 옷을 입은 것처럼 보이는 날도 있었다. 오래된 팝송과 TV 소리가 묘하게 어우러진 골동품 가게 안에는 세월의 흔적이 곳곳에 남아 있었다. 한쪽 벽면에는 짙은 갈색의 액자가 걸려 있고, 사진에는 혀를 내밀고 활짝 웃는 골든리트리버와 어린 소녀가 있었다. 지난번 방문했을 때, 오슬로는 슬쩍 그 사진에 대해 물었다.

"따님이시죠? 어릴 때 사진인가봐요."

"허허, 맞아. 보리랑 딸이랑. 가만 보자…… 이때가 집사람이 아프기 전이니까 엄청 오래전이네……"

옛 기억이 떠올랐는지 말끝을 흐리는 사장님의 표정이 한순간 어두워졌다. 오슬로는 더 묻지 않고 고개만 끄덕였다. 끊겼던 사장님의 목소리가 다시 이어졌다.

"우리 보리 녀석 털이 참 복슬복슬했는데. 저때를 생각하면 행복하다가도 또 괜히 슬퍼지기도 해. 주책이지?"

뒤이어 사장님은 지금 이 가게를 어떻게 열게 되었는지도 말해주었다. 가게는 아내가 공방을 운영하며 손수 지갑을 만들어 판매하기도 하고 사람들에게 기술을 가르

쳐주기도 하던 공간이라고 했다. 아내가 아프기 시작하자 공방이 죽어가는 게 마음이 아팠던 사장님이 이어받아 자신의 취미였던 골동품 수집 겸 판매 공간으로 다시 열게 된 것이라고 말이다. 푸근한 사장님에게서 처음으로 슬픈 감정을 보게 된 오슬로도 함께 마음이 가라앉았다.

"지금은 좀 어떠세요?"

"집사람은 그래도 점점 나아지고 있어. 위가 안 좋아서 계속 고생하다가, 수술하고 괜찮아진 줄 알았는데 재발했지…… 그래도 이겨낼 거니까, 난 걱정 안 해."

아내에 대한 믿음과 사랑이 사장님을 단단하게 만든 것 같았다. 고통과 슬픔 속에서도 가족을 지켜온 삶의 무게가 고스란히 느껴졌다.

액자를 보며 얼마 전의 기억을 떠올렸던 오슬로는 번뜩 오늘 가져온 꿀이 떠올랐다. 늘 반갑게 맞이해주는 사장님의 따뜻한 마음에 보답하기 위한 선물이었다.

"사장님, 이건 꿀이에요. 검정색이라 좀 낯설지만……
황금색 꿀보다 훨씬 맛이 풍부해요. 목 아프시거나 피곤
하실 때 드세요."

"고마워, 잘 먹을게. 그나저나 오늘은 어떤 물건이 필
요해서 온 거야?"

사장님은 가게 한쪽에 꿀통을 올려두고는 뒤쪽 창고로
그를 데려갔다. 손재주 좋은 사장님이 직접 목공 일을 배
워 가구나 소품을 만들기도 했기 때문에 여기엔 일반 골
동품 가게에서 살 수 없는 것들이 잔뜩 있었다.

"아무래도 제가 오늘 매상을 크게 올릴 것 같아요. 필
요한 게 많거든요. 와, 그나저나 사장님 옷장 만드시는 거
예요?"

"아직 시작 단계야. 필요한 재료들, 거기 옆에 따로 정
리해둔 것만 빼고 다 사 가도 좋아."

고개를 끄덕인 오슬로는 한참을 이것저것 고르더니 계
산대로 왔다. 자자는 돌아다니다 심심했는지 그새 사장

님과 함께 TV를 보고 있었다. 사장님은 오슬로가 가득 채워 온 바구니를 보더니 너털웃음을 지었다.

"또 얼마나 물건을 많이 만들려고. 나도 좀 배워야겠네."

"사장님이 저보다 훨씬 더 잘 만드시면서. 근데 가게가 며칠 전에 왔을 때랑 뭔가 바뀐 느낌이네요?"

오슬로의 말대로 내부가 조금 더 밝고 환해진 느낌이었다. 간접조명을 따로 설치했는지 물건들이 눈에 쏙쏙 들어왔다.

"아, 며칠 전에 딸이 달아줬어."

오슬로는 사장님의 얼굴에서 순간 불면의 기운을 느꼈다. 자자도 미묘한 분위기를 알아채고는 오슬로의 어깨로 날아와 귀에 속삭였다.

"뭔가 고민이 있으신 것 같은데 들어드리고 갈까요?"

오슬로가 가볍게 고개를 끄덕였다.

"최근에 무슨 일이 있으신 거예요?"

"자네 시간 괜찮아? 누구든 붙잡고 이야기하고 싶네.

마음이 허하니……"

"그럼요, 아까 가져온 꿀로 차 한잔 타 드릴까요?"

사장님은 가게 한쪽에 작은 테이블로 그들을 안내했다.

"내가 요새 잠이 안 와. 생각해보니 자네가 여기에 올 게 아니라 내가 꿀잠 선물 가게를 찾아갔어야 했네."

자자는 그사이 꿀차를 타 왔다. 자자의 머리를 한번 쓰다듬은 사장님은 차를 홀짝홀짝 마시면서 말을 이어갔다.

"음, 며칠 전에 말했던 내 딸 말이야. 걔가 참 마음이 예쁘거든. 일이 있어도 아빠 심심하다고 퇴근하고 와서는 마무리 정리도 도와주고. 집사람 병원도 몇년째 주말마다 빠짐없이 다니고…… 자기도 쉬고 싶고 여행도 가고 싶을 텐데. 도시락도 자주 싸줘. 그런 거 생각하면 고맙고 또 미안해."

사장님은 잠깐 말을 멈추더니 숨을 골랐다.

"근데 딸이 그저께 남자친구랑 같이 가게에 와서는 슬쩍 말을 꺼내더라고. 결혼하고 싶다고. 여길 정리하기 시

작하면서부터 모든 게 변하는 기분이야. 이렇게 또 한 시기가 지나가는 거겠지. 실감이 안 나. 헛헛하기도 하고.”

오슬로의 눈이 순간 커졌다.

“네? 가게를 정리하세요?”

“참. 안 그래도 오늘 말하려고 했는데. 세월이 참 빨라. 우리 가족의 추억이 많은 곳인데…… 집사람도 여기서 처음 만났고. 이 가게에는 내 인생이 담겼어. 그런데 이제 가게를 유지하기가 어려워. 사람들이 이런 골동품 가게는 찾지 않거든. 옛날에는 그래도 오래된 것들을 수집하는 사람들도 있고 손때 묻은 가구나 물건이 꽤 인기 있던 시절이 있었는데, 시대가 많이 변했어. 몇년간은 어떻게든 버텼는데 최근에는 몸도 안 좋고…… 좀 쉬고 싶기도 해.”

“그러셨군요. 그래도 제 어린 시절 기억이 담긴 곳이어서 그런지 너무 아쉽네요.”

“그럼, 다른 단골들도 다 그렇게 얘기하더라고. 어쩌겠어. 삶은 늘 지나가고 또 멈추고, 또 그렇게 지나가는 법인 것을. 알면서도 마음이 이렇게 허하네. 세월이 흘러도 익숙해지지 않는 것들이 있나봐."

담담하게 말을 잇는 사장님의 눈가에 작은 그늘이 생겼다. 항상 웃는 덕분에 생긴 주름들이 오늘만큼은 슬픔을 더 그늘지게 만드는 것 같았다. 오슬로는 그런 사장님을 보며 말없이 고개를 끄덕였다.

"한살 한살 나이가 들면서 보리를 떠나보내고, 어머니도 떠나보내고, 그다음엔 아내가 아팠어. 이제는 딸도 결혼하고…… 내 인생이 담긴 이 골동품 가게도 곧 볼 수 없게 되겠지. 잡을 수 없는 시간이 흘러감을 인정하는 것. 그게 나이를 먹는 거야."

소중한 것들이 떠나가는 아픔과 상실감. 그 과정을 겪으며 단단해진 사장님을 보며 오슬로는 순간 울컥했다. 그런 오슬로의 마음을 읽었는지 어깨에 앉아 있던 자자가 부리로 그의 머리칼을 부드럽게 쓸었다.

"그럼요. 사장님의 또다른 삶은 이제 시작일 거예요.

잘 해나가실 수 있으실 겁니다. 사장님께 물건 하나를 선물해드리고 싶어요."

오슬로는 그 자리에서 뚝딱뚝딱 무언가를 만들기 시작했다. 방금 가게에서 산 얇게 꼬인 가죽끈으로 만든 팔찌였다. 팔찌의 가운데에는 반짝반짝 빛나는 것이 박혀 있었다. 오슬로가 지니고 다니던 펜던트였다. 테두리에는 진짜 꿀이라도 발린 듯 달콤한 냄새가 났다. 꽤 오래전 달빛시장에서 큰 유리 조각을 사서 세밀하고 섬세하게 작업한 것이었다. 펜던트를 열면 은은한 빛이 주위를 휘감았다.

"기억의 팔찌입니다. 그렇지 않아도 이 물건이 어울리는 사람을 찾고 있었는데…… 사장님께 딱 맞춤하네요. 펜던트 안에 사진을 꽂아두고 잠시 덮은 뒤, 그때의 기억을 떠올려보세요. 그리고 이렇게 펜던트를 열면 빛이 쏟아지는데, 그럼 순식간에 당시의 감정이 살아날 겁니다. 일상에서 잠시 과거의 기억을 꺼내 생생하게 느끼고 싶을 때 열어보시면 돼요. 하루에 세번 이상은 효력이 없으니 필요한 순간에 신중하게 사용해주세요."

오슬로는 기억의 팔찌를 사장님의 손목에 걸어주었다. 순간, 열지 않은 펜던트에서 희미한 빛이 새어 나왔다.

"이렇게 신기한 물건을 뚝딱 만들어내다니, 역시 자네가 나보다 한수 위야. 옛날에 찍은 가족 사진을 넣어놔야겠어. 요새는 정말 깜빡할 나이가 되었는지 그때 뭐가 그렇게 즐겁고 행복했는지가 기억이 잘 안 나. 그 순간도 떠오르려나?"

"그럼요. 저를 믿고 한번 사용해보세요."

장면이 선명하지는 않겠지만, 그 감정이 생생해지면 자연스레 그 순간도 떠오를 것이었다.

"고마워. 덕분에 마음이 꽉 찬 것 같아. 이 시기도 언젠가 지나간다는 것을 알지만, 자네에게 이야기하고 나니 지금을 잘 넘길 수 있을 것 같아."

사장님은 다시 처음처럼 환한 얼굴이 되었다. 웃으며

휘어지는 눈가 주름도 기쁘게 춤을 추는 것만 같았다. 오슬로는 이에 답하듯 더욱 활짝 웃어 보였다. 자자도 큰 눈을 깜빡이며 할 수 있는 한 부리를 벌렸다. 기쁨의 표시였다.

"자자도 정말 고맙다. 다음에는 내가 꿀잠 선물 가게에 찾아갈게."

"네! 그럼요. 언제든지 환영이라고 전해주세요."

자자의 말을 알아듣지는 못했지만, 그 마음을 느낀 듯 사장님이 자자의 머리를 쓰다듬었다.

"저희 가보겠습니다. 영업 종료되기 전에 또 올게요."

"그래, 얼른 가서 일해. 해가 중천이야."

골동품 가게를 나서는 그들의 등 뒤로 따사로운 햇살이 비췄다.

정신 번쩍 담요

꿀잠 선물 가게에는 아늑한 침실이 있다. 잠을 사랑하는 오슬로가 취향껏 꾸민 곳이다. 침실의 옷장 문을 열면 체크무늬 옷들이 한가득 눈에 들어온다. 자세히 살펴보아야 어느 것이 잠옷이고 어느 것이 일상복인지 알 수 있다. 바닥에는 차분한 녹색 러그가 깔려 있다. 부엉이 눈이 그려진 수면안대를 쓰고 잠을 자는 그의 머리맡엔 촉촉한 수분을 공급하는 가습기와 은은한 달빛을 뿜어내는 무드등이 있다. 그 옆 창문에는 얇은 실크 커튼이 걸려 있다. 침대 옆쪽에는 자자도 함께 쉴 수 있는 포근한 담요로 덮인 부엉이 횃대도 있다.

자신만의 공간에서 오늘도 오슬로는 미소 지으며 단잠을 즐기고 있다. 분명 행복하고 즐거운 꿈을 꾸는 중이리라. 자자가 거실에 앉아 있다가 슬그머니 오슬로의 방으로 들어왔다.

'오늘따라 일찍 눈이 떠졌네…… 아저씨는 무슨 꿈을 꾸고 있는 걸까? 쳇, 혼자만 재미있는 곳을 갔나봐.'

야행성인 부엉이는 보통 밤에 활동하지만, 꿀잠 선물 가게의 조수 자자는 낮에 활동하고 밤에 자는 부엉이로 변한 지 오래다. 영업 중에는 졸면 안 된다는 책임감 때문이었다.

콕콕, 콕콕.

심심함을 이기지 못한 자자는 오슬로를 부리로 쪼며 놀아달라고 칭얼거렸다. 자자의 기척에 오슬로가 비몽사몽 수면안대를 벗었다.

"자자야, 아직 새벽이야. 팬케이크를 타고 초콜릿이 날아다니는 생크림 마을로 가는 꿈을 꾸고 있었는데…… 이리로 와, 안아줄게."

횡설수설하던 오슬로는 횃대에 있는 자자를 품에 안아 토닥였다.

아무리 잠이 없는 부엉이더라도 부드러운 이불과 포근한 오슬로의 품이 만들어낸 편안함은 이길 수 없었다. 시간이 꽤 흘러 쨍한 햇볕이 침실에 내리쬐었다. 자자는 번쩍 눈을 떴다. 여전히 깊은 잠에 빠진 오슬로의 품에서 후다닥 나온 자자는 창밖을 살폈다. 평소보다 늦게 시작하는 아침이었다. 자자는 침실의 창문을 활짝 열었다. 은색 실크 커튼이 바람에 하늘하늘 흩날렸다. 자자가 가게를 청소하러 마당으로 나가자 오슬로도 찬 공기를 느꼈는지 힘겹게 눈을 떴다.

"너무 달콤한 잠이었어. 이 행복을 손님들에게도 나누어줘야지."

일어나자마자 단잠의 기쁨을 모든 사람이 알았으면 좋겠다고 생각하는 오슬로였다. 잠이 안 오는 고통으로 힘들어하고, 말 못할 고민이 있어 슬퍼하는 사람들이 조금은 편안해지길 바라는 마음이었다. 기지개를 켜고 일어난 오슬로는 자자가 외관을 정돈하는 동안 가게 안을 정비했다. 창으로 보이는 맑은 하늘에 구름이 한점 떠 있었다.

"오늘은 또 어떤 손님이 오실까요?"

문에 달린 팻말을 돌리고 온 자자는 오슬로의 어깨에 앉았다. 첫 손님에 대한 기대로 자자의 몸이 크게 부풀었다. 사과 네알 높이의 자자가 네알 반이 되었다. 장식장을 보며 다음 달빛시장에서 사 올 물건들을 확인하던 오슬로와 자자 뒤로 꿀잠 선물 가게의 문이 열렸다.

"아…… 안녕하세요."

30대 후반 정도로 보이는 여자 손님이었다. 수줍음이 많은지 인사를 하며 얼굴이 붉어졌다. 그녀는 반질반질한 앞코가 돋보이는 단정한 구두를 신고, 빨간색과 흰색이 섞인 카디건을 걸친 모습이었다. 오슬로는 꿀잠 아이템을 확인하느라 코에 걸쳐두었던 돋보기를 뺐다.

"이쪽으로 오실까요?"

오슬로가 손님을 안내하자 자자도 그의 어깨에서 내려와 꿀차를 만들었다.

"여기에 앉으면 될까요? 의자가 정말 푹신하고 편안해 보이네요."

"네, 조금 기다려주시면 저희 조수 부엉이가 맛있는 꿀차를 내드릴 거예요. 아직 쌀쌀하긴 하지만 봄의 시작답게 날씨가 좋아서 그런지 산책 나온 분들이 많이 보이네요."

손님과 마주앉은 오슬로가 창밖을 바라보며 말을 이었다. 여자는 꿀차를 만들고 있는 자자를 한번 쳐다보고, 눈을 돌려 창밖을 내다보았다.

"오는 길에도 사람들이 많이 다니더라고요. 그나저나 꿀잠 선물 가게 마스코트 자자를 직접 보다니. 영광이에요."

"이미 자자를 알고 계시는군요."

"그럼요! 실은 저 꿀잠 선물 가게의 팬이랍니다."

순간, 그녀 쪽으로 시선이 모아졌다.

"놀라지 않으셔도 돼요. 사장님과 자자는 아실지 모르

겠지만 이미 꿀잠 선물 가게가 소문이 많이 났어요!"

자자는 단단한 발톱으로 꿀차가 담긴 잔을 꼭 쥔 채 날아오더니 테이블에 내려놓았다. 그러고는 오슬로의 어깨에 앉아 궁금하다는 듯이 큰 눈을 깜빡였다. 오슬로도 눈을 빛내며 손님을 쳐다봤다.

"잠을 못 자는 사람들도 많지만, 요새는 많이 자는 것에 죄책감을 느끼는 사람도 많아요. 자기 개발이 무척 중요한 시대니까요. 그런데 잠을 사랑하는 오슬로 사장님의 이야기가 퍼지면서 그런 사람들에게도 자신감을 심어 줬어요. 가게에 조수 부엉이 자자까지! 듣던 대로 정말 멋지네요."

손님은 신난 듯 쉬지 않고 오슬로와 자자에게 사람들이 왜 꿀잠 선물 가게를 좋아하는지에 대해 이야기했다. 수줍던 모습은 어느새 사라져 있었다. 오슬로와 자자의 입꼬리가 슬금슬금 올라갔다.

"저희 가게를 좋아해주시는 분들이 생겼다니…… 뿌

듯하고 기쁘네요.”

오슬로의 말에 여자가 미소 지으며 테이블에 놓인 꿀차를 마셨다.

“사실 꿀잠 선물 가게 팬으로서만 온 건 아니고, 털어놓고 싶은 고민이 있어서요.”

“네, 좋습니다. 저와 대화하다보면 꿀차의 마법으로 곧 잠드실 거예요. 알고 계시겠지만, 그사이에 저희 조수 부엉이 자자가 손님의 꿈속에 들어갔다가……”

손님의 얼굴에는 불면의 고통이 서리지 않았지만, 그래도 나름의 고민이 있었구나 생각하며 이야기를 이어나가던 오슬로는 말을 끝맺지 못했다. 그사이에 손님이 꿀차를 테이블에 내려놓은 채 그대로 잠들었기 때문이다.

“벌써 잠드셨네요.”

자자도 당황했는지 큰 눈을 껌뻑이며 말했다.

“그러게. 무슨 고민이 있으신 건지 더 궁금해.”

“손님도 저희 가게를 안다고 하셨으니 제가 얼른 꿈속

에 들어가서 보고 올게요!"

자자는 얼른 손님의 머리맡으로 날아가 잠들어 있는 손님의 머리에 자신의 머리를 살며시 기댔다. 자자의 눈이 밤하늘처럼 깜깜해졌고, 그 위로 별똥별이 우수수 쏟아졌다. 오슬로도 부엉이 안대를 썼다. 꿀잠 선물 가게의 팬인 그녀에게 어떤 고민이 있는지, 곧 그 궁금증을 해결할 수 있을 터였다.

여자의 꿈속은 나른하고 노곤한 분위기였다. 자자의 눈으로 손님의 꿈속을 함께 보던 오슬로는 갑작스레 자신의 과거를 떠올렸다. 오슬로가 어렸을 때, 시골 할머니 댁에 놀러 가면 아궁이에 불 때는 냄새가 나곤 했다. 저녁 먹을 시간이라는 걸 알게 해주는 신호였던 그 냄새를 손님의 꿈에서 느낀 오슬로는 그때가 떠올라 아련해졌다.

'더 깊은 곳으로 가야겠어. 여긴 근심이나 걱정이 보이지 않네.'

꿈속을 조용히 지켜보던 자자는 평화롭고 한적한 곳에서 벗어나 여자의 고민이 있을 법한 더 깊은 곳으로 훨훨 날아갔다. 조금 더 날자, 이번엔 시원한 밤의 냄새가 났다. 새벽의 빗소리도 함께 들렸다. 그때, 하나의 장면이 나타났다. 대학에서 일본어를 배우던 손님은 꾸준히 공부하며 자격증도 따고, 번역 수업도 들었다. 노력한 덕분에 과에서 우수한 성적을 받아 장학금을 탄 적도 많았다.

학부를 졸업하고 같은 대학의 대학원에 진학한 여자는 선배들과 교수님들의 부탁으로 틈틈이 번역, 통역 아르바이트도 하면서 자신의 목표를 향해 달려갔다. 그러나 순간순간 기억들이 끊기거나 암흑 상태가 되어 꿈을 파악하기 어려웠다. 자자는 곧 그 이유를 알 수 있었다. 원인은 바로 '잠'이었다. 기억이 끊기는 건, 그녀가 시도 때도 없이 졸거나 잠들었기 때문이다. 그래서인지 하나의 상황에 대한 생각과 감정도 유려하게 이어지지 않았다.

'그럼 잠이 많은 게 고민인 건가?'

자자는 숨을 죽인 채 조금 더 지켜보았다. 그러자 파도처럼 여러 장면들이 마구 몰려왔다.

그날도 그녀는 선배가 소개해준 통역 일을 하기 위해 정해진 장소로 가고 있었다. 기업에서 새로 준비한 사업 아이템을 선보이는 자리에서 일본어 동시 통역사를 필요로 했기 때문이다.

"재은아, 교수님이 따로 부탁하신 건인데 내가 시간이 안 되네. 그래도 네 실력 아니까 걱정은 안 할게. 중간에 잠들까봐 그게 걱정이지. 해외 바이어들까지 참석하는 정말 중요한 행사라고 하니 늦지 않게 가야 해, 알겠지?"

그녀가 잠이 많다는 사실을 알던 선배는 재은에게 늦거나 잠들 것 같으면 미리 연락하라고 신신당부했다. 주어진 기간 내에 자신의 속도에 맞춰도 무방한 번역 일과는 다르게, 동시통역은 시간이 몹시 중요했다. 행사 전 리허설을 해보고 음질, 음향도 점검해야 했기 때문이다.

행사 당일, 중간에 잠들어 정류장을 놓치는 일이 허다

했기에 재은은 여유 있게 나섰다. 선배가 중요한 일이라며 몇번이나 강조했기에 평소보다 더 일찍 나온 것이었다.

'오늘은 뭔가 느낌이 좋네. 날이 포근해. 여름이 성큼 다가온 느낌이야.'

마침 버스 안에 좋아하는 자리가 비어 있었다. 차창 너머로 짙은 녹음과 따사로운 햇살도 느낄 수 있었다.

—이번 정류장은…… 다음 정류장은……

재은은 황급히 눈을 떴다. 자신도 모르게 잠깐 잠이 들었던 모양이다. 창밖으로 처음 보는 낯선 풍경이 펼쳐졌다.

'여기가 어디지?'

얼른 핸드폰을 확인하니 부재중 전화가 몇십통이나 찍혀 있었다. 문자도 폭탄처럼 쏟아졌다. 선배였다.

재은아, 어디야?

너 또 잠들었어?

> 큰일이다. 지금 행사 리허설도 마쳤대. 일단 일어나면 빨리 연락 줘. 그쪽에서 난리야, 지금.

액정을 보니 행사장에 도착하려던 시간이 훌쩍 지나 있었다. 이미 리허설은 놓쳤고 아무리 빨리 간다고 해도 본 행사 전까지 도착할 수 있을지도 의문이었다. 재은은 잠이 많은 자신을 원망하고 또 원망했다. 초조한 마음에 눈물이 나올 것만 같아 얼른 하차벨을 누르고 버스에서 내렸다. 어디인지 제대로 확인도 안 한 채로 일단 택시를 타고 행사장으로 헐레벌떡 달렸다.

"죄송합니다. 제가 길을 잃어서요…… 정말 죄송합니다."

쏟아지려는 눈물을 꾹 참고 행사 관계자들에게 몇번이고 고개를 숙였다. 다행히 행사 직전에 도착해 통역을 진행할 수는 있었지만, 문제는 이런 경우가 처음이 아니라는 것이었다.

"중요하다고 몇번이나 말했잖아. 한두번도 아니고……
됐다."

다음 날 학교에서 만난 선배는 쓴소리를 내뱉었다. 나중에는 선배가 앞으로 중요한 행사에는 재은을 부르지 말라고 했다는 소문도 들었다. 자자의 눈앞에 재은의 생각이 말풍선처럼 떠올랐다.

'도대체 난 뭐가 문제일까.'

'병원을 가봐야 하나?'

'계속 이러면 어쩌지……'

몇십통이 넘는 전화벨도 듣지 못하고 이렇게까지 까무룩 잠이 든 적은 처음이었던 재은은 혼란스럽고 힘든 듯했다. 다음 장면이 꿈속에서 펼쳐졌다.

인터넷을 찾아보니 자신의 행동이 기면증 증상과 비슷했다. 덜컥 겁이 난 재은은 큰 병원에 찾아갔다. 의사는 그녀가 잠들기 직전에 나타나는 징조에 대해서 꼼꼼하게 확인했고 밤에 잠은 잘 자는지, 낮에는 어떤 경우에 잠들었는지 등 여러 질문을 했다. 하루 동안 병원에서 수면 검사를 해야 한다는 이야기를 들은 재은은 한껏 긴장했다. 머리에 전극 패치를 잔뜩 붙이고 자야 했기에 불편하지 않을까 싶기도 했다.

이런 걱정이 무색하게 자리에 눕자마자 그대로 깊은 잠에 빠져든 재은은 병원에서 개운하게 아침을 맞이했다. 아침에 전극 패치를 떼러 온 간호사도 이 검사에서 이렇게 잠을 잘 잔 사람은 처음 본다며 웃었다.

며칠 뒤, 재은은 다시 병원을 찾았다.

"음…… 먼저 검사 결과를 말씀드리자면, 기면증 초기 증상이 있어요. 물론 수면다원검사 결과 현재는 증상이 비교적 경미할 수는 있지만, 기면증의 주요 특징은 과도한 주간 졸음과 수면 발작입니다. 전화벨 소리를 듣지 못하고 계속 자거나 일상에서 깜빡 잠들었던 경우가 있으셨다고 하니, 우선 병원에서 정기적으로 치료받으시는 게 좋을 것 같습니다. 약도 처방해드릴게요. 결과를 보면서 놀라웠던 건, 보통 기면증을 앓는 분들은 낮 동안 강하게 졸음이 오고 밤에는 수면의 질이 낮거나 중간에 깨는 경우가 많아요. 그런데 재은씨는 밤에도 참 잘 주무시더라고요."

재은은 증상이 심하지 않다는 의사의 말을 듣고 긴장이 풀리면서도 씁쓸했다. 대학원을 졸업하고 동시통역을 전문으로 하는 국제 통역사가 되고 싶었는데, 그 목표가 점점 흐릿해지는 것 같았다. 그래도 재은은 체념하지 않고 꾸준히 치료를 받았다. 공부도 이전보다 더 열심히 했다. 자자는 꿈속에서 그 과정을 지켜봤다. 자신이 하고 싶은 일을 향해 포기하지 않고 달려가는 그녀가 멋있어 보였다. 시간이 얼마쯤 흘렀을까. 조각조각 흩어진 꿈속에서 안정을 찾은 재은이 보였다.

이제 재은은 깜빡 잠들어 중요한 일정을 놓치거나 실수하는 일은 거의 없었다. 병원에서 꾸준하게 받는 치료, 적당한 운동과 충분한 휴식 그리고 규칙적인 생활이 도움이 되었다. 그러나 동시통역은 심혈을 기울이고 집중해도 어려운 일이었다. 특히 재은의 최종 목표인 국제 통역사는 한 나라를 대표해야 했기에 그만큼의 책임감과 부담이 따랐다. 재은은 의사에게 고민을 토로했다.

"선생님, 전 동시통역사가 되고 싶어요. 대학에서 언어를 전공하면서부터 꿈이었거든요. 일을 시작하면 규칙적인 생활은 무너질 텐데, 좀 힘들겠죠?"

"통역하다가 순간 잠들면 큰일이라 지금 상태로는 조금 힘들 수도 있겠어요. 물론 약을 먹고 잠을 조절할 수는 있겠지만, 그날그날 재은씨의 상태에 따라 다를 테니까요. 기면증은 지금으로서는 완치가 어려워요. 언제 증상이 재발할지도 모르고요."

의사의 조언을 듣고 고민하던 재은은 대학원을 졸업한 후 몇년간 번역을 주로 했다. 결국 꿈이었던 통역사는 포기하게 됐다. 일을 시작하면서부터는 업무 스트레스와 불규칙적인 생활이 재은을 다시 시도 때도 없이 잠들게

했기 때문이다. 여전히 그녀는 기면증이라는 병으로부터 완전하게 자유롭지 못했다.

꿈속 장면이 다시 한차례 넘어갔다. 재은은 현재 프리랜서로 번역 일을 하며 살아가고 있었다. 다행히 재은은 좌절하지 않았다. 첫번째 목표였던 국제 통역사는 스스로 놓았지만, 번역가로서 자리를 잡는 인생의 두번째 목표가 생긴 것이다. 자자는 꿈속에서 재은의 앞길을 응원했다. 장면이 끝나갈 때 즈음, 따뜻하고 편안한 기운이 몰려왔다. 재은의 옆에서 그녀를 응원해주는 주변 사람들의 다정함인 듯했다.

'꿈을 포기하고도 무너지지 않았던 건, 그리고 긍정적으로 다시 시작할 수 있었던 이유는 손님 곁의 좋은 사람들 덕분이구나. 아니 근데 잠시만. 그럼 고민이 없는 건데? 잠이 많아서 고민인 줄 알았는데……'

자자는 꿈이 파도에 휩쓸리듯 천천히 사라지는 것을 보고 마음이 조급해졌다. 재은의 고민을 찾지 못했기 때문이다. 바로 그때, 몽롱한 기운을 한껏 지닌 마지막 장면이 펼쳐졌다. 계속 녹아내리던 장면이라 자자의 눈에 보이지 않던 모양이었다.

재은은 두번째 목표를 향해 열심히 가는 중이었다. 본격적으로 번역가의 길을 걷게 되자 그와 동시에 미워했던 잠을 몹시 사랑하게 되었다. 스트레스받지 않고 잘 수 있다는 것. 이는 재은에게 큰 행복이었다. 하지만 동시에 고민이기도 했다. 학생 때는 몰려오는 잠을 어떻게 참았을까. 어떻게 잠에서 깨어날 수 있었을까. 도통 기억이 나지 않았다. 요즘에는 알람을 맞추고 자도 듣지 못하는 경우가 허다했다. 그러니 순간적으로 잠에 빠지기 전에 몰려오는 잠을 쫓아내는 방법을 찾아야 했다.

'이건 꿀잠 선물 가게의 잠꾸러기 전문인데? 금방 해결할 수 있겠다.'

자자는 부리를 앙다물며 망토를 펼치고는 다시 꿈 밖으로 훨훨 날아왔다. 밤하늘처럼 새까맣던 자자의 눈이 노랗고 빛나는 눈으로 돌아왔다. 손님의 머리에서 자신의 머리를 살그머니 뗀 자자는 이미 진열장 앞에 서 있는 오슬로의 어깨로 날아가 앉았다.

"손님의 고민을 잘 해결해주실 거죠? 잠이야말로 오슬로 전문이잖아요!"

"이미 추천해드릴 꿀잠 아이템도 정해뒀지! 일단 손님이 깰 때까지 기다려보자."

오슬로는 평소보다 신이 나 보였다. 정오의 햇살이 따사롭게 꿀잠 선물 가게를 비췄다. 활짝 열린 창문에서 바람도 산들산들 불어왔다. 식물들의 작은 잎이 조금씩 흔들렸다. 자자가 가게 지붕에 올라 포근한 날씨를 즐기던 그때, 재은이 눈을 비비며 일어났다.

"으음, 잘 잤다. 사장님, 저 일어났어요!"

"차를 마시고 잠드신 손님 중에 당황하지 않은 분은 거의 처음인 것 같아요. 역시 꿀잠 선물 가게 팬답네요!"

오슬로는 아무렇지 않게 기지개를 켜며 일어나는 재은

이 신기하기도 하고 또 고마웠다. 그는 손님 앞 테이블로 다가갔다.

"재은씨의 꿈속을 보면서 공감이 됐어요. 제 옛날 생각도 났고요. 저는 어릴 때 수업 시간에도 졸고, 밥 먹다가도 잠들고…… 공부할 때도 무척 힘이 들었는데, 그때 저만의 방법을 생각해냈답니다."

비밀스럽게 속삭이는 오슬로를 보며 재은은 숨을 죽였다.

"바로 왼손의 엄지와 검지를 4초에 한번 정도 규칙적으로 부딪치는 거예요! 별의별 방법을 다 써봤는데 가장 효과적인 방법이 바로 손가락 부딪치기였어요."

"그렇지 않아도 잠 때문에 정말 고민이었거든요. 이 방법을 이제야 알다니. 더 빨리 꿀잠 선물 가게로 올 걸 그랬네요!"

재은과 오슬로가 마주 앉아 웃는 소리에 자자도 어느새 가게로 들어와 오슬로의 어깨에 앉았다. 그러고는 끼워달라는 듯 부리로 슬로의 머리카락을 잡아당겼다.

"손가락을 부딪치는 방법도 좋지만 추천해드릴 물건이 있어요. 이쪽으로 오시겠어요?"

오슬로는 재은을 유리 진열장 앞으로 안내했다.

"와, 전 이렇게 많은 꿀잠 아이템들이 집에 있으면 아무것도 못하고 계속 잠만 잘 것 같아요."

"사실 저도 가게에서 매번 졸아요."

창고에 들어갔다 나온 오슬로는 웃으면서 손에 든 상자를 열었다. 그 안에는 손톱달이 그려진 담요가 있었다. 보들보들한 촉감이 느껴지는 옅은 회색빛 담요였다.

"이 물건은 정신 번쩍 담요입니다. 사실 판매용으로 만든 건 아니에요. 아니, 처음에는 판매하려고 구상했지만 사려는 사람은 없겠다 싶었죠. 이곳은 꿀잠을 선물하는 가게이지, 잠을 깨우는 가게가 아니니까요."

"와, 그럼 이건 졸음을 없애주는 아이템인가요?"

오슬로의 말이 호기심을 자극했는지 재은은 눈을 빛

냈다.

"네. 일하다가 잠이 쏟아질 때 이 담요를 덮어보세요. 시간에 맞춰 손님을 깨우는 담요입니다. 일어나야 하는 시간을 생각하고 잠에 들면, 담요가 그때 맞추어 깨워준답니다. 방법은 그때그때 다를 겁니다. 짜릿한 롤러코스터를 타는 꿈을 꾸다 놀라서 깰 수도 있고 자던 중에 고약한 냄새를 맡고 참을 수 없어 일어나게 될 수도 있어요. 혹은 사랑하는 사람이 깨워줄 때처럼 다정하게 재은씨를 불러줄 수도 있고요. 저도 낮에 잠이 계속 쏟아져서 이 담요를 사용해봤는데 정말 금방 잠에서 깨더라고요! 분명 재은씨에게도 도움이 될 겁니다."

오슬로는 정신 번쩍 담요를 열심히 설명한 뒤 상자를 닫아 재은 쪽으로 내밀었다.

"손가락 부딪치기 방법이 아무래도 안 먹힌다, 할 때 사용해보세요."

"사장님도 계속 사용하시나요?"

"재은씨에게는 제 비밀을 많이 털어놓게 되네요. 어느 날 담요를 덮고 잠깐 졸았는데 팬케이크가 세상에서 사라지는 꿈을 꿨어요. 마음이 아파서 그 이후로는 이 담요를 사용하지 못하겠더라고요. 아차, 팬케이크는 제가 제일 잘 만드는 빵이기도 하고 가장 좋아하는 음식이기도 해요. 부작용이라면 부작용이겠네요……"

오슬로는 민망한 듯 머리를 긁적였다. 자자는 고개를 절레절레 저었지만, 재은은 웃음기 없이 진지하게 고개를 끄덕였다.

"끔찍하네요. 저도 그런 꿈을 꾸지 않아야 할 텐데…… 비법 전수에 이어 제게 꼭 맞는 물건까지 얻어갑니다."

밝게 웃는 재은을 보고 오슬로는 조심스럽게 물었다.

"그런데 통역사를 포기한 건 아깝지 않나요?"

"지금은 괜찮아요. 첫번째 목표를 놓아야겠다고 마음먹었을 때 주변에서 많은 얘기를 해주었어요. 뭐가 됐든 너는 다 잘할 테니 괜찮다, 오히려 네가 가지고 있는 재능을 더 발휘할 기회다. 제 주변에 이렇게 다정한 분들이 많다는 것이 눈물 날 정도로 고마웠죠. 그래서 좌절하지 않았던 것 같아요. 후에는 번역가로서 성공하자는 두번째 목표를 세웠어요. 기면증이 있는 번역가, 멋지지 않나요? 그래서 저는 이제 달콤한 잠이 찾아오면 그대로 빠져들어요. 이제는 밀린 일이 있을 때 정신 번쩍 담요를 쓰면 되겠네요."

앞날에 대한 기대감 때문인지 재은의 눈동자가 더욱 또렷해졌다.

"저보다도 더 잠을 사랑하는 분이 가게를 찾아주시다니, 영광입니다. 제가 재은씨 팬이 되어야 할 것 같아요."

재은은 환하게 웃으며 담요의 값을 지불했다.

"집에 가면서는 딱 한번 정도만 잠들면 좋겠네요. 벌써 졸려서 공원 의자에 좀 앉아야겠어요. 무릎에 담요를 덮고요. 오늘 너무 감사했습니다. 멋있는 자자도 안녕!"

"또 들러주세요. 감사합니다."

오슬로도 밝게 웃으며 그녀를 배웅했다. 덩달아 신이

난 자자도 오슬로의 곁에서 날개를 활짝 펼쳤다.

자자의 세계

---

* 꿈속을 유영하는 부엉이

늦은 오후였다. 날이 몹시 흐리고 축축했다. 커튼을 친 유리창 사이로 보이는 테라스의 식물들은 시들했고, 오슬로가 빵을 구울 때마다 힘차게 돌아가던 오븐도 잠잠했다. 오늘은 꿀잠 선물 가게가 갑작스럽게 문을 닫은 날이었다.

몇시간 전, 평소와 다름없이 오슬로보다 일찍 일어난 자자는 활기차게 날개를 펼쳤다. 구름이 많이 낀 날이라 햇살은 없었지만 그래도 부리 끝을 스치는 시원한 바람 덕분에 정신이 맑아졌다. 자자는 가게 밖으로 나가 밤사이 바람이 두고 간 나뭇잎을 쓸었다. 그리고 산책 겸 동네를 한바퀴 크게 돌고 들어와 가게의 창문이란 창문은 모두 열고 환기를 시켰다. 아직 달콤한 잠에 빠진 자신의 고용주(이자 가족)가 선선한 바람을 맞고 깨기를 기다렸지만, 시간이 꽤 지났는데도 오슬로가 거실로 나오지 않았다.

'이제 슬슬 일어날 때가 됐는데……'

여전히 잠잠한 오슬로의 침실을 보며 자자는 고개를 갸우뚱했다. 문득 며칠 전부터 어딘가 이상한 오슬로가 떠올랐다. 오슬로를 붙잡고 물어봐도 아무 일 없다고는 말했지만, 왜인지 모르게 표정이 어두웠다.

'지금 안 깨우면 가게 여는 시간이 늦어지겠어!'

자자는 고개를 절레절레 젓고는 그의 침실로 빠르게 날아갔다. 횃대에 발톱을 걸치고 그를 깨우려던 자자는 깜짝 놀랐다.

"어디 아파요? 괜찮아요?"

늘 평온한 얼굴로 잠을 자는 오슬로인데, 오늘은 인상을 잔뜩 찌푸린 채 고통스러운 표정을 짓고 있었다. 낯빛도 어둡고 탁했다. 당황한 자자는 부리로 옷깃을 잡고 흔들어 오슬로를 깨웠다.

"자자, 나 일어났어."

오슬로가 힘겹게 눈을 떴다. 자세히 보니 식은땀도 흘리고 있었다.

"몸이 좀 안 좋네. 오늘 하루 가게를 쉬어야겠어."

"병원에 가야 하는 건 아니고요?"

"괜찮아. 그냥 푹 자고 싶어."

자자는 직감적으로 자신의 가족에게 무슨 일이 생겼다는 걸 알았다. 자자는 자신이 아주 어렸을 때, 오슬로가 혼자 깊은 마음의 동굴로 들어갔던 기억을 떠올렸다. 그 시기에 꿈속을 나는 부엉이 자자의 신비로운 능력도 발견되었다.

∘∘∘

얼마 전부터 오슬로가 이상했다. 밥도 제대로 안 먹고, 낮잠도 안 잤다. 곧 개업을 앞둔 꿀잠 선물 가게를 꾸미거나 손님들을 위한 꿀잠 아이템을 만드는 시간 외에는 시도 때도 없이 잠들곤 했는데 말이다. 자꾸 핸드폰만 만지작거리고…… 사진을 보는 것 같기도 했다. 새벽에 슬쩍 오슬로의 방을 들여다보면 잠도 못 자고 한숨만 쉬고 있었다.

"사람이 사람 마음을 읽는 것보다 부엉이가 사람의 마음을 아는 게 더 어려운 법이라고요. 혼자 힘들어하지 말고 저한테도 말해주세요!"

"아니야. 별일 없어. 우리 자자 아침 챙겨줘야지."

이유를 물어도 말해주지 않는 오슬로를 보면서 아기 부엉이 자자는 혀를 끌끌 찼다.

'대체 사람이란 존재는 왜 이렇게 복잡하게 생각할까? 고민이 있으면 털어놓으면 되지! 그럼 조금이나마 마음이 가벼워질 텐데 말이야.'

부엉이 마음속에서 천불이 날 지경이었다. 벌써 오슬로가 일상에 의욕을 잃은 지도 일주일이 다 되어갔다. 그렇게 시간이 흐른 어느 날, 달이 유난히 밝던 새벽이었다. 자자는 난생처음 느껴보는 복잡한 마음에 창가에 앉아 밤 하늘을 빤히 바라보고 있었다. 그때였다.

번쩍!

멀리 있던 달이 폭죽 터지듯 순간적으로 환하게 빛났 다. 흩뿌려지는 달빛을 보고 있자니 강력한 생명의 힘이 머리끝에서부터 느껴졌다. 혹시나 자신에게 감도는 신비 한 기운을 눈으로 볼 수 있지는 않을까 해서 날개를 펼쳐 몸 이곳저곳을 큰 눈으로 살폈다. 그러나 머리만 점점 뜨 거워질 뿐 눈에 보이는 것은 없었다. 밤하늘을 다시 올려 다보니 달도 원래대로 돌아와 잠잠하게 그 자리를 지키고 있었다.

'별일이 다 있네. 머리에 불이 난 느낌이야.'

자자는 놀란 마음을 진정시키기 위해 오슬로의 침실로 쏙 들어갔다. 그날도 여전히 잠을 못 이루던 오슬로는 침 대 옆에 앉은 자자를 꼭 껴안아주었다.

"그간 내가 못 챙겨줘서 미안해. 그래도 자자 널 안고 있으니까 잠이 온다. 따뜻하고 말랑거리는 물주머니를 안고 있는 것 같아. 하암……"

"제가 아까 창문에서 따뜻한 기운을 받았는데 나눠주고 싶어요. 괜찮죠?"

오슬로는 자자의 부드러운 깃털을 쓰다듬으며 고개를 살짝 끄덕이고는 스르륵 잠들었다. 자자는 슬그머니 오슬로의 품에서 빠져나왔다. 그러고는 온기가 남아 있는 자신의 머리를 오슬로의 머리에 살그머니 가져다 댔다. 순간, 몸속에서 뜨거운 기운이 일었다. 자자의 눈은 까맣게 변했고 자자의 눈에서 달과 별이 반짝였다. 몸에서 뭔가가 쑥 빠져나오는 느낌과 함께 자자 자신이 눈앞에 나타났다.

'어, 이게 뭐지? 내가 왜 여기 있지?'

빠져나온 건 자자의 영혼이었다. 자자는 이끌리듯 저 멀리 보이는 오슬로의 꿈을 향해 날았다. 꿈속에서는 비

눗방울처럼 몇가지 장면들이 떠올랐다. 그곳에서 한 여자를 보게 되었다. 오슬로가 '이안'이라고 부르는 사람이었다. 더 오래 지켜보고 싶었으나 곧 흘러내릴 것만 같은 꿈속 세계가 무척이나 낯설었다. 본능적으로 날개를 펼친 자자는 금세 오슬로의 꿈에서 빠져나왔다. 손님들을 돕는 지금처럼 꿈속을 유영하는 데에 익숙하지 않았기에, 불면의 진짜 이유가 머무는 깊은 곳까지 날아가지는 못한 것이다. 자신이 경험한 신비한 일을 오슬로에게 얼른 말해주고 싶었지만, 겨우 잠든 그를 차마 깨울 수는 없었다.

날이 밝자마자 자자는 부리로 오슬로를 콕콕 쪼았다. 부스스 일어난 오슬로에게 전날 밤 겪었던 일을 하나도 빠짐없이 이야기하자 오슬로도 눈이 동그래졌다. 특히 자자는 알 수 없는 '이안'이라는 이름을 말하자 그의 눈이 더욱 커졌다. 그뒤로 자자는 오슬로의 기운을 북돋아주려고 이런저런 잔소리도 하고, 밤마다 곁을 지켰다. 오슬로가 잠이 안 온다고 하면 침대에 걸터앉아 새벽 내내 재미있는 이야기가 또 없느냐며 졸라대기도 했다. 옆에서 에너지를 주는 자자 덕분에 오슬로도 그 시기를 잘 견딜 수 있었다. 며칠이 지나 드디어 꿀잠 선물 가게가 문을 열었다. 오슬로도 그사이 불면증을 회복하고 다시 달콤한 잠을 깊게 잘 수 있었다. 개업 초반, 당시는 오슬로가 손님과의 대화를 통해 고민을 파악하고 물건을 추천하던 시기였다. 자자와 오슬로는 평범한 하루 끝, 가게의 영업을 마치고 이른 저녁을 먹었다. 선선한 밤공기를 느끼며 산책을 하던 중, 아기 부엉이에게 또다시 달빛의 신비한 느낌이 머리에 전해졌다. 큰 별똥별이 하늘에서 떨어지던 순간이었다.

"제가 저번에 따뜻한 기운을 느꼈다고, 그래서 아저씨 꿈속으로 들어갈 수 있었다고 말했잖아요. 그 느낌을 방금 또 받았어요. 내일은 손님에게 양해를 구하고 손님의 꿈속에 한번 들어가볼 수 있을까요?"

자자가 확신에 찬 얼굴로 눈을 반짝여 오슬로는 고개를 끄덕일 수밖에 없었다.

다음 날, 첫번째 손님은 20대 초반 남자였다. 단색 셔츠와 색이 짙고 통이 큰 청바지를 입고 있었다.

"안녕하세요. 꿀잠 선물 가게입니다. 이쪽으로 오시겠어요?"

달빛이 감도는 진열장을 신기한 듯 두리번거리며 살펴보던 손님은 오슬로가 손짓한 의자에 앉았다. 자자도 작은 날개를 펼치고 날아와 오슬로의 어깨에 앉았다. 오슬로는 먼저 손님에게 양해를 구했다.

"저희 가게는 보통 차를 마시면서 대화를 하고 손님께 알맞은 꿀잠 아이템을 추천해드리는데요, 오늘은 조금 특별한 방식입니다. 조수 부엉이 자자가 꿀잠을 잘 수 있도록 도와준다고 하는데, 괜찮으실까요?"

"네, 괜찮아요. 그저 잠을 푹 자고 싶은 마음이에요."

"감사합니다. 부엉이 자자가 잠시 손님의 꿈속을 보게

될지도 모르겠어요. 손님의 마음속 모든 생각을 읽는 것이 아니고, 불면과 관련된 부분들을 본다고 해요. 잠에서 깨면 제가 손님께 꼭 맞는 꿀잠 아이템을 추천해드리겠습니다."

"부엉이가 꿈속을 볼 수 있다고요? 이렇게 가까이서 부엉이를 본 것만으로도 신기했는데! 아무튼 전 어떤 방식이든 좋아요."

손님의 말을 듣고 있던 자자도 뿌듯함에 눈썹을 으쓱거렸다.

'나는 정말 특별하고 멋진 부엉이인가봐!'

유리창에 비친 자신의 모습을 이리저리 살펴보며 한번 더 자신에게 감탄하는 자자였다. 오슬로는 아기 부엉이가 몸집을 크게 부풀리는 것을 보고 슬며시 웃으며 주방으로 걸음을 옮겼다. 그사이, 나른한 햇살이 푹신한 의자에 앉은 손님을 감쌌다. 자자도 손님이 햇살을 즐길 수 있도록 잠시 자리를 피해주었다. 오슬로가 유자차를 가져오자,

홀짝홀짝 차를 마시며 이야기를 하던 남자는 이내 졸음이 몰려오는지 찻잔을 테이블에 내려놓고 잠에 빠졌다.

"오늘따라 나도 너무 졸리다. 잠 깨려고 손가락을 세게 부딪쳤더니 남아나지를 않겠어. 자자, 잠깐 꿈속에 다녀오는 거지? 나도 조금만 자다 올게."

"아니! 손님이 있는데 잔다고요? 어제도 족히 10시간은 잔 것 같은데…… 그러지 말고 제 모습 한번 봐주세요. 궁금해요."

슬그머니 자신의 소파로 가려는 오슬로에게 자자가 눈을 흘겼다. 부엉이에게 한 소리 들은 오슬로는 머쓱한 웃음을 지으며 고개를 끄덕였다. 오슬로도 내심 자자가 어떻게 손님의 꿈속으로 들어가는지 궁금했다. 자자가 곤히 잠든 손님의 머리맡으로 살며시 날아갔다. 그러고는 머리에 계속해서 맴도는 달빛의 기운을 느끼면서 손님의 머리에 자신의 머리를 가져다 대고 온 신경을 집중했다. 순간, 부엉이의 큰 눈이 밤하늘처럼 까맣게 변하며 눈동자 가득 별빛들이 번졌다. 지켜보던 오슬로도 놀라 입이 떡 벌어졌지만 그것도 잠시, 금세 졸기 시작했다.

'자자가 꿈속에서 언제 나올지 모르니…… 조금 자야 겠어.'

오슬로는 슬쩍 자자의 눈치를 살피며 소파로 가 매일 같이 착용하는 부엉이 수면안대를 썼다.

'이게 뭐지? 내가 안대를 제대로 쓴 건가? 왜 깜깜하지 가 않지?'

오슬로의 눈에 놀라운 풍경이 펼쳐졌다. 손님의 모습 도 보였고 한 여자도 보였다. 잠든 손님의 꿈속이었다. 자 자의 영혼이 어떻게 오슬로와 연결되었는지는 모르겠지 만, 한가지 확실한 것은 자자가 보는 꿈속의 장면을 오슬 로도 똑같이 보고, 느낄 수 있다는 것이었다.

오슬로가 부엉이 안대를 쓰기 전, 그러니까 자자의 눈 이 밤하늘처럼 새카매지고 별빛이 번질 때 자자의 영혼은 쑥 빠져나와 손님의 꿈속으로 들어갔다. 달의 기운이 부엉이의 영혼을 감싸 꿈속 더 깊은 곳으로 훨훨 날 수 있게 힘을 주었다. 처음 오슬로의 꿈속을 본 것과는 다른 느낌이었다. 자자가 나중에 알게 된 사실이지만, 자자가 꿈속 깊이 들여다볼 수 없는 유일한 사람은 오슬로였다. 그가 가지고 있는 방어기제가 강해서인지, 혹은 달콤한 잠을 워낙 짧은 시간에 깊게 자서인지는 모르겠지만, 오슬로의 꿈에 들어가면 기운이 약해져 더 멀리 날아갈 수가 없었다.

수월하게 꿈속 깊은 곳까지 날아간 자자는 잠시 숨을 고르고 지켜봤다. 몇개의 장면이 스쳐 지나갔다. 지금의 조수 부엉이라면 능숙하게 한쪽 구석에 자리를 잡고 몰려오는 기억의 조각들을 차분하게 살폈을 것이다. 그러면서 손님의 마음과 감정을 파악할 수 있었을 테지만, 당시 미숙했던 아기 부엉이는 꿈속에 오래 있는 것도 벅찼다. 중간중간 남자와 여자가 다투는 장면도 보였고, 남자가 사과하는 장면도 스쳐 지나갔다. 기억이 단편영화처럼 눈앞에 펼쳐졌다.

'좀더 집중해서 봐야 할 것 같은데…… 그러려면 시간이 더 필요해. 여기 얼마나 있을 수 있는 거지? 그러다가 이곳에 갇히면 어쩌지? 안 돼!'

여러 생각이 마구 뒤엉켜 자자는 초조해졌다. 이러다가 손님의 꿈에 갇혀버릴 것만 같다는 두려움에 결국 빠르게 지나가는 꿈속 장면 대부분을 놓치고 말았다. 자자의 영혼은 다시 꿈 밖으로 훨훨 날아왔다. 자자는 돌아오자마자 후다닥 오슬로의 곁으로 갔다.

"돌아왔구나, 자자야. 장면이 너무 빨리 지나가서 정신이 없네. 어, 어지러워."

오슬로의 눈이 핑핑 돌았다.

"무슨 소리예요?"

"자자 네가 본 장면을 나도 같이 봤어."

자자는 놀라서 날개를 푸드덕거렸다.

"네 눈동자가 아주 새카만 밤하늘로 바뀌고, 별빛이 쏟아지는 거야. 신기해서 쳐다보고 있으려니까 잠이 오지 않겠어? 그래서 평소처럼 수면안대를 썼는데 네가 보는 손님의 꿈이 같이 보이더라고. 장면들이 너무 빠르게 지나가서 자세히는 못 봤지만. 너도 그렇지?"

"네, 다음에는 더 침착하게 잘 볼 수 있을 것 같은데…… 꿈속에 있으려니 괜히 긴장되고 또 빨리 나와야 할 것 같아서 잘 못 봤어요."

오슬로와 자자가 한창 꿈에 대한 이야기를 하고 있을 무렵, 손님이 눈을 비비며 일어났다.

"이렇게 스르륵 잠들 줄은 몰랐어요. 여기 너무 편안해요."

"편안하셨다니 다행이에요. 아까 말한 대로 주무시는 동안 자자가 잠시 손님의 꿈속을 보고 왔어요. 유자차가 식었으니 다시 타서 드릴게요."

손님은 고개를 끄덕이고 다시 내온 따끈한 유자차를

마시며 자신의 이야기를 이어서 들려주었다. 그는 대학교에 입학해 처음으로 연애를 시작했다. 여자친구에게 잘 보이고 싶은 마음에 그는 이런저런 거짓말을 했다. 학교 성적을 속이며 작게 시작된 거짓말은 눈덩이처럼 불어났다. 어려운 형편에 야간 아르바이트를 하고, 학자금 대출도 받았지만, 여자친구 앞에서는 부유한 집안 덕에 돈 걱정은 없다고 말했다. 심지어 유년 시절 유학을 다녀왔다고 거짓말을 했고, 나중엔 탄로 날까 두려워 사는 동네까지 속이는 지경에 이르렀다. 그는 어느새 거짓말을 습관처럼 내뱉고 있었다. 거짓말은 거짓말을 낳았고, 나중에는 스스로조차 자신이 어떤 사람인지 헷갈렸다. 시간이 얼마 지나지 않아 이런 사실을 모두 알게 된 여자친구는 그에게 이별을 통보했다.

 "제가 상대방이었어도 많이 당황했을 것 같아요. 여자친구를 잡고 싶어요. 이대로 놓치면 후회할 것 같은데 제 연락도 다 안 받고…… 밤에 잠이 안 와서 고생했는데, 여기 오면 불면에 좋은 물건을 살 수 있다기에 온 거예요.”

그간의 이야기를 털어놓은 손님의 눈은 여전히 불안정하게 흔들리고 있었다.

“제가 너무 많이 부족했어요. 더 잘 보이고 싶은 마음이었는데. 그런데 저도 이런 제가 무서워요. 어떻게 만나는 내내 거짓말만 했던 건지……”

“손님이 스스로 부끄러워하고, 반성하고 있잖아요. 인생에는 큰 파도가 몇번이고 찾아와요. 빠르고 강한 물살에 휩쓸리고 다치고…… 그러다가 그 파도가 지나가면 또 많은 걸 배우죠. 모든 사람이 그렇게 성장해요. 여자친구에게도 큰 상처였겠어요. 그래도 이제 거짓으로는 소중한 것을 얻을 수 없다는 중요한 사실을 깨달았으니 앞으로 달라지면 되는 겁니다. 손님에게 필요한 꿀잠 아이템을 추천해드릴게요.”

진열장에서 오슬로는 물건을 하나 꺼냈다. 수면안대였다. 안대의 겉면에는 휘몰아치는 강한 파도가 수놓아져 있었다. 물결 자수는 오슬로가 한땀 한땀 새긴 것이었다.

"파도 안대입니다. 안대를 쓰면 파도 치는 소리가 귓가에 은은하게 들려올 거예요. 그 소리에 집중하다보면 마음도 한층 편안해질 겁니다. 이걸 쓰려면 적어도 30분 전에는 전자기기 사용을 멈춰주세요. 쓰고 나서는 지나간 인연에서 무엇을 얻었고 무엇을 놓쳤는지, 지금 내 마음의 파도가 휘몰아치는지 아니면 잠잠해졌는지 한발 떨어져 지켜보세요. 큰 물결과 작은 물결이 바람을 만나 더 커지기도 하고, 또 오히려 잦아들 때도 있어요. 손님의 물결은 어떤 모양의 파도인지 생각해보세요."

'오호. 저 파도 안대의 진짜 용도는 수면에 방해가 되는 전자기기를 떼어내는 거구나! 자연스럽게 내면에 집중할 시간도 많아지고 마음이 편안해질 게 분명해.'

오슬로가 손님에게 꿀잠 아이템을 설명하는 모습을 지켜보던 자자는 속으로 감탄했다. 그후 자자는 꿈속을 자유자재로 유영하기 위해 몇번의 시행착오를 거쳤다. 그리고 마침내 숙련된 꿀잠 선물 가게의 조수 부엉이가 될 수 있었다.

∘∘∘

다시 현재.

과거처럼 깊은 동굴로 들어가버린 오슬로가 내심 걱정이 되었던 자자는 예전처럼 그를 위해 할 수 있는 일들을 하자고 마음먹었다. 따뜻한 차를 가져다주고 찾아온 꽃샘추위에 꿀잠 선물 가게가 더욱 안온해질 수 있도록 벽난로에 장작도 넣어두었다. 어스름이 깔리자 오슬로의 침대 옆 횃대에 앉아 있던 자자는 답답한 마음을 토로했다.

"인간의 마음은 왜 이렇게 어려운 거예요? 이해가 안 가요. 난 부엉이라고요. 아저씨 말고는 말할 수 있는 가족도 없고, 친구도 없는데…… 왜 그렇게 혼자 슬퍼하고 힘들어해요? 제가 들어줄게요!"

날개를 흔들며 속상해하는 자자를 보고 놀란 오슬로는 침대에서 일어나 앉았다.

"자자, 미안해. 내가 요 며칠 조금 이상했지?"

"예전에 힘들어하던 모습이 생각나서 또 그렇게 될까 무섭다고요……"

부엉이의 큰 눈에 눈물이 가득 고였다. 그 모습에 더욱 당황한 오슬로는 얼른 자자를 품에 안았다.

"미안해. 실은 며칠 전부터 이안씨가 계속 생각이 나. 내가 지난번 체크무늬의 비밀을 말해줬을 때, 좋아했다던 그 사람 말이야. 어떤 계기가 있었던 것도 아니고, 그냥 갑자기 떠올린 뒤로 생각이 많이 나네. 도시에서 새로 개업했던 카페는 잘되는지, 지금 만나는 사람은 있는지…… 나를 잊지는 않았는지. 자자 네 말대로 사람 마음은 참 복잡한 것 같아. 미련을 두기는 싫은데, 가끔 후회할 때가 있어. 너와 이안씨와 함께 도시로 갔다면 지금보다 더 행복하지 않았을까? 그런 생각을 한번 하면 멈추기가 쉽지 않아. 그래서 그런지 꿈에서도 계속 그 사람이 나오고……"

오슬로는 작게 한숨을 쉬었다.

"그런 마음이군요. 그런데 저는 지금이 너무 행복해요. 만약에 도시로 갔다면 불어오는 산들바람에 담긴 풀 내음도 못 맡았을 거고, 꽃밭으로 날아가는 벌들의 소리도 못 들었을 거고…… 또 같이 달빛시장도 가고 느긋하게 꿀잠 아이템도 만드는, 이런 일상을 누릴 수 있었을까요? 물론 아저씨가 말한 그 삶은 경험해보지 못했지만, 저는 지금의 제 삶이 행복해요. 그 무엇과도 바꿀 수 없이요."

자자가 큰 눈을 더욱 또랑또랑하게 뜨며 오슬로를 쳐다봤다.

"고마워, 자자야. 그렇게 말해줘서. 덕분에 정말 기운이 난다. 이럴 줄 알았으면 진작 말할걸! 손님들 고민은 열심히 들어놓고 정작 내 고민은 말도 못하는 꼴이라니……"

과거 손님에게 전한 오슬로의 말처럼, 그 자신도 인생

에서 또 하나의 파도를 넘는 중이었다. 센 물살이 지나가면 파인 그 자리에서 빛나는 보석을 발견할 수 있을 것이었다.

그날 밤, 단잠을 자는 오슬로의 입가에는 다시 미소가 걸렸다.

새싹 드림캐처

꿀잠 선물 가게 문에 달린 작은 종이 오전부터 시끄럽게 울렸다. 주방에서 브로콜리수프를 만들던 오슬로는 문 쪽을 쳐다보았다.

'어라?'

분명히 종소리를 들었는데, 손님이 보이지 않았다.

후다닥 거실로 날아간 자자가 뒤를 돌더니 오슬로에게 얼른 이쪽으로 오라고 날갯짓을 했다. 오슬로는 거의 다 완성된 수프를 옆으로 내려두고 걸음을 옮겼다. 손님이 안 보인 이유가 있었다. 이번에 꿀잠 선물 가게를 찾아온 손님은 몸집보다 큰 노란색 가방을 메고, 주황색과 회색이 섞인 도톰한 스웨트셔츠를 입은 남자아이였다. 겨울이 지나고 봄이 성큼 다가와 더운지 소매를 팔꿈치까지 걷고 있었다. 곱슬곱슬한 갈색 머리에 나뭇잎도 붙어 있었다. 밖에서 놀다 온 모양이었다.

"안녕하세요! 전 초등학교 3학년 남달리입니다! 밤에 잠들 수 없어서 찾아왔어요."

아이가 씩씩하게 말했다.

"안녕, 여긴 꿀잠 선물 가게입니다. 책가방 옆에 두고 의자에 앉아볼까요?"

오슬로는 보조의자를 당겨 달리의 가방을 놓을 수 있 도록 자리를 만들었다. 달리가 앉은 의자는 아이의 키보 다 훨씬 커서 누웠다는 표현이 더 적합해 보였다. 자자는 부리로 달리 머리에 붙은 나뭇잎을 떼어주었다.

"오늘도 학교에서 혼이 났어요. 제가 시끄럽대요."

"그런데요, 부엉이는 원래 야행성인데 낮에는 안 자 나요?"

"아저씨는 잠옷 중에 어떤 옷을 제일 좋아해요? 전 어 제 입은 게 제일 좋아요."

"제가 학원에 안 가고 여기 온 걸 알면 엄마가 혼낼 거예요.”

쉴 새 없이 말하는 아이를 보며 오슬로는 자신의 어린 시절을 잠깐 떠올려보았다. 오슬로가 학생일 때는 부모님에게 야단을 맞다가도, 친구들과 이야기를 하다가도, 밖에서 체육 수업을 듣다가도 잠들어버렸기 때문에 달리처럼 이렇게나 빠르게, 많은 이야기를 해본 기억이 없었다. 그런 오슬로의 눈에는 달리가 그저 귀여웠다. 가게까지 혼자 찾아온 것도 대견할 따름이었다. 꼬마 손님이 쉬지 않고 말하는 사이 자자는 꿀을 가득 넣은 따끈한 웰컴 티를 만들어서 달리에게 가져다주었다.

“여기 달콤한 꿀차 먼저 마셔볼까요? 이 차에는 마법이 섞여 있어서 마시면 나른하게 졸릴 거예요. 마음 편하게 푹 자고 일어나면 되니까 걱정하지 않아도 괜찮아요. 자고 있으면 부엉이 자자가 달리의 꿈속에 잠깐 들어갔다가 나올 텐데, 아픈 것도 아니고 위험한 것도 아니니 푹 자고 일어나면 된답니다. 달리의 꿈속에서 잠들지 못하는 이유를 찾아볼게요. 혹시 더 궁금한 게 있으면 언제든지 말해주세요."

달리는 그저 호기심 가득한 얼굴이었지만, 오슬로는 혹여나 아이가 불안해하지는 않을까 걱정스러운 마음이 들어 평소보다 더 상세하게 설명해주었다. 이런 걱정이 무색하게도 꿀차를 받자마자 달리는 홀짝홀짝 마셨다.

"네! 이거 진짜 맛있어요. 근데요, 밥 먹기 전에 간식 먹으면 밥 많이 못 먹는다고 엄마가 먹지 말라고 했는데…… 세상엔 맛있는 게 왜 이렇게 많을까요?"

꿀차를 마시면서도 끊임없이 조잘거리던 달리는 금세 한잔을 다 비우고 테이블에 손톱달 로고가 반짝이는 빈 머그잔을 내려놓았다.

"맛있다고 하니까 다행이네요. 오늘 학교에서는 재미있는 일 없었어요?"

혹시 학교에서 걱정거리가 있어서 달리가 가게를 방문한 건 아닐지 내심 신경 쓰이던 오슬로였다.

"오늘은 재미있는 일이 왕창 있었어요! 하민이랑 예준이랑 점심시간에 급식을 먹고 운동장에서 놀았어요. 철봉도 타고 줄넘기도 했어요. 아 참, 오늘 선생님이 꿈이 뭔지 물어봐서 제가 반에서 제일 먼저 손들고 발표도 했어요! 제가 뭐라고 했는지 아세요?"

학교 이야기가 나오자 더욱 신이 나서 이야기하던 달리는 이내 잠잠해졌다. 꿀차의 따뜻한 기운 덕분인지 슬슬 눈이 감기는 모양이었다.

'오늘 하루가 꽤 고되었나보네. 종일 뛰어놀았으니 그럴 만도 하지.'

오슬로는 조용히 자리를 피해주었다. 내려오는 눈꺼풀이 무거운지 달리는 그대로 잠에 빠졌다. 잠들기 직전, 잔을 가지런히 두었는지 한번 더 확인하는 달리의 모습에 부엉이 자자도 싱긋 웃을 수밖에 없었다. 자자는 꼬마 손님이 새근새근 자는 것을 확인하고는 달리의 머리맡으로 날아가 조심스럽게 자신의 머리를 기댔다. 오늘따라 자자의 눈이 평소보다 더 까맣게 물들었고, 몽환적인 오로라가 그 안에서 넘실거렸다. 오슬로도 자리로 돌아가 수면안대를 썼다. 곧이어 자자의 영혼은 달리의 꿈속으로 훨훨 날아갔다. 망토에서 묻어나온 달빛이 아이의 몸을 잠시 휘감았다 사라졌다.

달리의 꿈은 다양한 색과 맛을 가진 젤리 같았다. 통통 튀는 자전거와 붕붕 날아다니는 자동차, 깃털이 달린 펜, 그리고 그 펜이 써 내려가는 일기와 숙제가 보였다. 버튼을 누를 때마다 먹음직스러운 간식이 튀어나오는 자판기, 원하는 시간으로 갈 수 있게 해주는 타임머신, 몬스터들이 사는 아파트, 그리고 마법 안경을 만드는 눈사람도 있었다. 마구 쏟아지는 신비한 것들에 어지럽던 것도 잠시, 자자는 조금씩 들떴다. 처음 겪어보는 즐거운 꿈속이었기 때문이다. 끝없이 펼쳐지는 상상과 달리의 일상이 섞인 꿈속에서 달리가 잠들지 못하는 이유가 조금씩 보였다.

어느 날의 하루가 둥실둥실 떠올랐다. 달리는 밤에 잠을 거의 못 잤지만 피곤해하지도 않고 주말 아침에 벌떡 일어났다. 며칠 전, 집에 새로운 손님이 찾아왔기 때문이었다. 학교에 다녀와 뭔가 재미있는 일이 없을까 이리저리 살펴보던 달리는 베란다에서 새 둥지를 발견했다. 크지는 않았지만 아늑해 보이는 둥지 안에는 알 3개가 놓여 있었다. 달리는 설레고 들뜬 마음으로 알들을 위해 무엇을 해줄 수 있을까 고민했다. 엄마 아빠가 일어날 때까지 기다리던 달리는 문득 동글동글 귀여운 알들에게 온기를 나눠주고 싶다는 생각을 했다.

"이불을 덮어주면 되지 않을까?"

두꺼운 담요나 수건을 덮어놓으면 혹시 알들이 숨을 쉬지 못하는 건 아닌가 걱정하던 그때, 지난 수업 시간에 선생님이 빌려준 손수건이 떠올랐다. 점심에 우유를 마시다가 새로운 상상에 빠져드는 바람에 무언가를 마시는 중이라는 것을 까맣게 잊고 말았다. 덕분에 입가며 가슴팍에 우유를 왕창 흘렸다. 선생님은 그런 달리가 익숙한 듯 웃으며 살구색 꽃이 그려진 작은 손수건을 빌려주었다.

"감사합니다!"

해맑게 말하는 달리의 눈동자에는 미소를 가득 담은 선생님의 모습이 비쳤다. 달리는 엄마가 빨아준 손수건을 조심스레 들고 왔다. 베란다에 머무는 알들이 혹여나 추울까, 작은 손으로 조심조심 둥지 위를 덮어주었다. 달리의 따뜻한 마음이 느껴졌는지 알이 미세하게 움직이는 것 같기도 했다.

'월요일에 학교에 가면 선생님한테 살구꽃 손수건이 필요한 곳이 더 있었다고 말해야지.'

늦은 점심, 밥을 먹고 부모님과 함께 공원으로 산책을 나간 달리는 그곳에서 또다른 즐거움을 발견했다. 낙엽이 잔뜩 떨어진 날이었는데, 공원 관리사 아저씨가 처음 보는 기계를 들고 나뭇잎 더미를 날려보내고 있었다. 꼭 청소기처럼 생겼지만, 낙엽을 빨아들이지 않고 날려보내는 게 신기했던 달리는 곧바로 아저씨에게 달려가 물었다.

"안녕하세요! 저는 남달리라고 해요. 아저씨가 들고 있는 건 뭐예요? 파도처럼 나뭇잎이 넘실거려요! 저도 궁금한데 해봐도 될까요?"

달리는 씩씩하게 달려가 거침없이 질문 공세를 펼쳤고, 그 모습을 보던 달리의 엄마 아빠도 황급히 뒤따랐다.

"하하, 안녕. 이건 송풍기라고 하는 거예요. 땅에 떨어진 나뭇잎들을 정리하고 있거든요. 사람들이 지나다니는 길에 낙엽이 계속 밟히면 불편하니까. 달리를 위해서도 치우는 중이랍니다."

"그새 궁금한 게 또 생겼구나, 달리야!"

헐레벌떡 다가온 달리의 엄마는 관리사에게 방해가 되어 죄송하다고 사과했다. 그렇지만 이번 산책으로 달리는 또 하나의 즐거움을 찾은 기분이었다.

저녁이 되자, 달리의 배가 꼬르륵거렸다.

"아빠, 오늘 저녁은 뭐예요?"

달리는 주말마다 아빠가 만들어주는 특별한 저녁을 기대했다.

"지난번에 먹은 카레는 노란색이었지? 이번엔 아빠가 좀 특별한 걸 해봤어."

"와! 잘 먹겠습니다!"

학교에서도, 집에서도 많이 먹어봤던 노란 카레가 아니라 갈색 카레였다. 맛있는 냄새가 솔솔 풍겨 달리는 함박웃음을 지었다. 저녁을 먹으면서는 엄마와 아빠에게 어제 꾼 꿈과 학교에서 배운 별자리에 대해 말하며 주말을 마무리했다. 슬슬 졸음이 몰려왔다. 잠들려고 하자, 그저께 급식으로 나왔던 복숭아 요구르트가 생각이 났다. 몇 주 전에 엄마가 해준 김치볶음밥도 생각났다. 또 친구들과 용돈을 모아 종류별로 사 먹었던 새콤한 젤리도 떠올랐다.

'집에 오는 길에 발견한 꽃 이름이 뭐였지……'

하굣길에 처음 본 식물을 생각하기도 했다. 달리의 하루하루는 즐겁고 재미있는 일들로 꽉꽉 찼다. 그래서 달리는 밤에 잠을 잘 수 없었다. 아니, 잠을 자고 싶지 않아서 끝까지 눈을 뜨려고 노력했다.

밤마다 달리는 낮 동안 있었던 일들을 떠올렸다. 생각은 꼬리에 꼬리를 물고 내일 마주할 또다른 일들에 대한 기대를 낳았다. 아침이면 둥지 속 알들이 잘 있는지 확인해야 했고, 점심에는 학교에 가서 친구들과 주말에 무엇을 했고 어떤 것을 봤는지 할 이야기가 산더미였다. 수업을 들을 때면 선생님에게 질문할 것들이 천지였다. 학교가 끝나갈 무렵에는 맛있는 간식을 사 먹는 것이 기대되어 두근거렸고, 미술 학원에 가기 전에는 길목에 있는 새끼 고양이가 잘 있는지도 확인해야 했다. 달리는 이런저런 생각들로 잠을 이겨보려다가 스르르 감기는 눈꺼풀을 감당하지 못할 때에야 겨우 잠에 들었다. 자자는 아이의 일상을 가만히 지켜보면서 웃음 지었다. 하고 싶은 게 너무 많아 못 자는 달리에게 어떤 꿀잠 아이템을 추천해주면 좋을까 고민해보았다.

'달리는 잠들고 싶지 않아서 꿀잠 선물 가게를 찾아온 것일 수도 있겠어!'

아이의 꿈을 모두 파악한 자자는 다시 꿈 밖으로 날아갈 준비를 마쳤다. 달빛이 묻어 반짝거리는 오로라 망토를 단단히 여미고 커다랗고 밝은 하늘로 훨훨 날았다. 이제 달리의 고민을 덜어줄 시간이다. 밤하늘처럼 까맣게 물들었던 자자의 눈동자가 다시 평범한 부엉이의 눈으로 돌아왔고, 오슬로도 부엉이 안대를 벗고 소파에서 일어났다. 아이 손님의 꿈을 지켜보기만 했을 뿐인데 주위가 몽글몽글한 동심으로 채워진 느낌이었다. 시간이 얼마 지나지 않아 달리가 끙차, 기지개를 켜면서 일어났다.

"꿀차가 너무 맛있어서 금방 잠들어버렸어요!"

"잘 잤다니 다행이에요. 밤에 달콤한 잠을 잘 수 있도록 도와주는 물건을 추천해줄게요. 여기 진열장으로 와

볼래요?"

"전 잠을 자고 싶지 않아서 온 건데요? 하루가 더 길었으면 좋겠어요!"

'역시, 내 예상이 맞았군.'

자자는 달리의 꿈속에서 예상했던 대로, 잠들고 싶지 않다는 달리의 말을 듣고는 슬며시 웃었다. 오슬로도 꼬마 손님이 그렇게 말할 줄 알았다는 표정이었다.

"그래요. 하고 싶은 것이 너무 많고, 먹고 싶은 것도 너무 많고…… 세상에 즐거운 것들이 가득할 때 추천하는 물건이 있어요. 달리 마음에 들면 좋겠어요."

곧이어 오슬로는 진열장에서 아이템 하나를 꺼내 달리의 손에 쥐여주었다. 그가 진열장에서 꺼낸 꿀잠 아이템은 새싹과 나뭇잎으로 장식된 드림캐처였다. 아담한 크기의 드림캐처 가장 윗부분엔 새싹이 돋은 나뭇가지가 얼기설기 엮인 형태의 원형 오브제가 있었고, 중간에는 아주 얇은 줄이 길게 내려와 있었다. 나뭇잎이 드림캐처 곳곳에 달려 있었다.

"달리, 드림캐처라고 알아요?"

"아뇨, 그게 뭐예요?"

"드림캐처는 머리맡이나 창가에 걸어두는 물건이에요. 악몽을 걸러주고 좋은 꿈만 꿀 수 있도록 해준답니다."

달리는 오슬로의 말에 호기심 가득한 눈으로 새싹 드림캐처를 살폈다.

"그런데 이 꿀잠 아이템은 조금 달라요. 이건 달리만을 위한 거니까. 이 드림캐처는 달리의 꿈을 더욱 풍성하게 만들어줘요. 현실만큼 꿈이 즐거울 때도 많을 거랍니다! 달리가 세상이 즐겁고 행복하다고 느낄 때마다 이 드림캐처의 능력은 같이 올라갈 거예요. 나뭇가지의 새싹이 점점 더 풍성해질 거고요. 새싹과 줄기를 무럭무럭 더 키워서 달리만의 멋있는 넝쿨로 만들어주세요."

오슬로가 달리에게 건넨 새싹 드림캐처는 현실의 즐거움과 행복을 양분으로 쑥쑥 자라나는 아이템이었다. 그

힘으로 달리의 꿈도 반짝반짝 빛나도록 만들어줄 것이었다. 아이 손님에게 잘 자야 현실을 즐겁게 살아갈 힘이 생긴다는 것을 알려주고 싶은 오슬로의 마음이 고스란히 느껴졌다.

"와! 너무 신기해요. 새싹이 반짝반짝 빛나요. 이건 어떻게 만든 거예요?"

달리는 건네받은 드림캐처를 작은 손으로 조심스럽게 만졌다.

"그런데 이건 얼마예요?"

달리는 가게에서 파는 물건은 바로 가져오지 말고 꼭 가격을 물어보라던 엄마의 말이 생각났다.

"드림캐처는 선물로 줄게요. 대신 다음에 다시 들러줄 수 있을까요?"

"네! 그럼 얼른 가서 엄마랑 아빠한테 자랑할래요! 감사합니다!"

꿀잠 선물 가게의 종이 또 한번 시끄럽게 울렸다.

"달리가 오래 있었던 것도 아닌데…… 오늘따라 가게가 더 조용해진 것 같아요."

자자는 졸린 눈으로 다시 소파로 향하는 오슬로에게 말했다.

"그러게, 오늘 밤에는 왠지 알록달록한 꿈을 꾸고 싶어."

학교 끝나고 달려올 달리가 벌써부터 기다려지는 그들이었다.

°°°

달리가 꿀잠 선물 가게를 방문하고 몇달 뒤. 가게의 휴일이었다. 달빛시장이 열리는 날이라 오슬로는 오전 내내 늘어지게 잠을 자고 싶긴 했지만, 나른한 몸을 일으키며 기지개를 켰다. 며칠 전, 전화로 가게에 찾아오고 싶다고 말한 손님들이 있었기 때문이다. 바로 세상에 재미있는 게 너무 많아 잠을 잘 수 없다고 눈을 빛내며 말하던 초등학교 3학년 남달리와 달리의 엄마였다. 약속한 시간이 가까워오자 손님들을 위한 꿀호떡을 굽던 오슬로가 문 쪽을 쳐다보았다.

"안녕하세요, 초등학교 3학년 남달리입니다! 이제 곧 4학년으로 인사할 거예요. 자자도 안녕! 안 본 사이에 더 멋있어졌다, 최고!"

달리는 오늘도 해맑게 웃으며 가게로 들어왔다.

"후후, 역시 달리는 뭘 좀 알아. 난 귀엽지 않고 멋있다고!"

자자에게 안성맞춤인 달리의 칭찬이었다.

"안녕하세요, 전 달리 엄마예요. 처음 뵙겠습니다."

아이의 손을 꼭 붙잡고 온 달리의 엄마는 아이의 머리를 부드럽게 쓰다듬었다.

"처음 뵙겠습니다. 오슬로라고 합니다. 그렇지 않아도 달리가 보고 싶었는데 연락이 와서 정말 반가웠어요. 간식 먹으면서 이야기 나누어요."

그는 두 사람을 주방 쪽 테이블로 안내했다.

"자자야, 꿀호떡만 부탁해. 내가 차를 내올게."

손님들이 자리에 앉는 사이 자자는 간식을, 오슬로는 쌉싸름한 홍차와 달리를 위한 따끈한 우유를 내왔다.

"와! 호떡에서 김이 모락모락 나요! 엄청 맛있을 거 같아요."

잔뜩 신난 달리는 그새 꿀잠 아이템들로 더 꽉 채워진 가게를 이곳저곳 살펴보다가 간식으로 관심을 돌렸다.

"몇 달 전에 저희 애가 처음 보는 물건을 가지고 집에 돌아왔어요. 학원에서 받은 줄 알고 물어봤는데 우물쭈물하더니 사실 학원에 안 가고 꿀잠 선물 가게라는 곳에 다녀왔다고 하더라고요. 그러고는 이 드림캐처 자랑을 엄청 했죠. 침실 창가에 걸어달라면서…… 처음에는 좀 놀랐어요. 자세히 보니 새싹이 반짝반짝 빛났거든요."

그때 기억이 새록새록 나는지 어머니는 고개를 돌려 달리를 쳐다보았다.

"아저씨가 얘기해 주신 대로 싹이 엄청 자랐어요. 줄기들도 점점 자라더니 드림캐처가 엄청 커졌지 뭐예요? 친구들도 신기하다고 했어요! 참, 요새 재미있는 꿈도 많이 꿔요. 코끼리가 코로 시원하게 물을 뿌려주는 꿈도 꾸고, 구름을 타고 날아다니는 꿈도 꾸고…… 또 뭐였지……"

달리의 볼이 점점 핑크빛으로 물들었다. 그간의 기억을 되짚는 게 즐거운 모양이었다. 오슬로는 직접 만들어 선물한 꿀잠 아이템을 손님이 잘 사용한다는 것도 기뻤지만, 그저 달리를 다시 만난 것만으로도 좋았다. 한동안 하굣길에 들르던 달리가 점점 발길이 뜸해지더니 가게에 놀러 오지 않은 지 한참이 지났기 때문이다. 시간이 얼마 흐르지 않은 것 같은데 아이는 벌써 그때보다 훌쩍 커버린 느낌이었다.

"달리가 세상이 즐겁고 행복하다고 느낄 때가 많았나 봐요. 그렇게 많이 커지다니! 아저씨랑 여기 부엉이 자자도 달리가 최근엔 어떤 꿈을 꾸고 있는지 궁금했어요."

"저도 놀러 오고 싶었는데⋯⋯ 제가 요즘 못 온 이유가 있어요!"

아이는 보고 싶었다는 오슬로의 말에 미안한지 머리를 긁적였다.

"사실 학원에 좋아하는 애가 생겼어요. 전 좋아하는 게 정말 많은데 그 아이는 딱 하나만 좋아해요. 수영이요. 그게 신기하고 멋있어요."

드림캐처가 짧은 시간에 쑥쑥 자라난 게 신기했는데 그게 최근 달리가 좋아하는 아이가 생겼기 때문이라는 걸 알고 나자 오슬로는 너털웃음을 지을 수밖에 없었다.

"어휴, 그래서 요즘은 학교가 끝나자마자 학원에 빨리 가고 싶다고 난리예요. 저도 달리에게 드림캐처에 대해 듣고 나선 솔직히 믿기 어려웠는데, 밤에 잘 때 잠깐 달리 방에 가서 보니까 드림캐처의 새싹이 정말 빛나면서 자라더라고요. 전에는 계속 잠을 안 자고 싶다고 해서 걱정이었는데 덕분에 잘 해결된 것 같아요. 감사합니다."

달리의 어머니는 밝게 웃으며 이야기를 이어갔다.

"달리가 선물이라고 했지만 보답을 하고 싶어 가져왔어요."

달리의 어머니는 떡집에서 방금 나온 것이라며 고소한 콩가루가 묻은 인절미와 쑥떡을 테이블에 올려두었다.

"와, 제가 또 쫄깃한 거 좋아하는 건 어떻게 알고! 고맙다고 말해주세요."

자자는 날개를 펄럭이며 기쁨을 표했다. 오슬로는 어깨에 걸친 자자의 발톱을 한번 쓰다듬었다.

"자자가 떡을 엄청 좋아하거든요! 같이 잘 먹겠습니다. 달리야, 달리의 세상이 더 밝아지고 행복해진 것 같아서 아저씨랑 자자도 너무 기분이 좋네. 앞으로도 종종 소식 들려주렴. 기다리고 있을게."

순간, 달리의 침실에 걸린 새싹 드림캐처가 반짝였다. 새싹이 금세 조금 더 자라난 모양이었다.

램프 잠옷

"아저씨, 오븐에 빵 넣어놨죠? 조금 있으면 다 탈 것 같은데……"

　햇살이 부서져 잔잔하게 빛나는 오후, 꿀잠 선물 가게의 문이 닫힐 시간이 가까워지자 오슬로는 브라우니 반죽을 만들어 오븐에 넣었다. 그런데 그새를 못 참고 소파로 가서 꾸벅꾸벅 졸고 있는 모습에 자자는 속이 타들어가는 것만 같았다.

　"내 정신 좀 봐!"

　자자의 목소리에 오슬로가 번쩍 눈을 떴다. 오슬로는 서둘러 오븐으로 가서 달콤한 향기가 풍기는 초콜릿 브라우니를 꺼냈다.

　"와, 딱 알맞게 익었네. 자자 네 말대로 조금 더 늦었으면 탈 뻔했어."

고소하고 풍부한 버터의 향기가 꿀잠 선물 가게를 휘감았다. 오슬로는 오븐에서 꺼낸 브라우니를 용기에 담아 냉장실에 넣었다. 차갑게 굳으면 맛있는 브라우니가 될 것이었다.

"조금 기다렸다가 저녁에 아이스크림도 올려 먹자."

콧노래를 부르며 뒷정리를 하는 오슬로와 오븐 주변의 빵 부스러기를 뾰족한 부리로 콕 쪼아 먹는 부엉이 뒤로 딸랑, 꿀잠 선물 가게의 문이 열렸다.

"아, 안녕하세요. 문 아직 안 닫았죠?"

"네, 그럼요! 이쪽으로 와주시면 됩니다."

오늘의 마지막 손님은 30대 중반으로 보이는 여자였다. 오슬로가 손짓한 쪽으로 하얀 단화를 신고 걸어오는 여자는 짙은 갈색의 긴 치마를 입고 있었다.

"여기 앉으면 될까요? 가게 안이 따뜻해서 좋네요."

꿀잠 선물 가게를 조심스럽게 둘러보는 손님의 눈동자에는 근심과 걱정이 서려 있었다. 짙은 눈썹과 뚜렷한 이

목구비 때문인지 생각과 감정이 그대로 얼굴에 드러났다.

"네, 앉아서 조금만 기다려주세요. 저희 조수 부엉이 자자가 웰컴티로 꿀차를 가져다줄 겁니다."

손님이 자리에 앉자 오슬로는 가게 안이 조금 더 아늑해지도록 유리 통창의 커튼을 쳤다. 오븐에서 꺼냈던 브라우니의 달콤한 향이 여전히 가게 안을 맴돌았다.

"저희의 불면 해결 방식은 알고 오셨을까요, 손님?"

"정확하게 알지는 못해서…… 혹시 한번 설명해주실 수 있나요?"

오슬로는 자자의 특별한 능력과 함께 가게에 대해 소개했고, 손님이 안심할 수 있도록 이런저런 말들도 덧붙였다.

"자자는 꿈속 장면 중 불면에 관련된 부분만 볼 수 있으니 걱정하지 않으셔도 됩니다. 안대를 쓰고 손님의 꿈을 함께 보는 저도 마찬가지고요. 꿀차를 마시면 조금씩 졸음이 몰려올 거예요. 마음 편하게 쉬다가 간다고 생각해주세요."

특유의 잔잔한 미소를 머금은 오슬로가 말을 마쳤다. 손님은 고개를 끄덕였다. 자자가 주방에서 꿀차를 만들어 손님 앞 테이블에 내려놓았다.

"와, 이 차 정말 맛있고 달콤하네요. 어릴 적 감기 걸렸을 때 엄마가 타준 차보다 맛있는 것 같아요. 사실 그 맛은 잘 기억나지 않지만요."

긴장이 풀렸는지 손님의 얼굴에 미소가 조금씩 비쳤다.

"다행이네요. 최근에 많이 못 주무셨나요?"

"네, 원래도 다른 사람들보다 잠귀도 밝고 예민한데 최근에는 고민까지 더해지니까 더 힘드네요."

작게 한숨을 쉬는 여자의 얼굴에 다시 그늘이 번졌다. 깊은 눈동자에는 잠시나마 사라졌던 걱정과 고민이 담겼다.

"저희 꿀잠 선물 가게가 손님에게 도움이 되면 좋겠어요. 잠을 충분히 자는 것만으로도 몸과 마음이 조금씩 회복되니까요."

오슬로 옆에서 자자도 열심히 고개를 끄덕였다.

"감사합니다. 저는 요즘 앞으로 어떤 일을 해야 할지에 대한 고민이 깊어요. 평생 하나를 꿈꾸면서 살았는데, 이제는 나이가 나이인 만큼 현실적인 문제에 부딪히고 있거든요. 그래서 마음이 힘든가봐요. 하고 싶은 일을 못하게 된다는 생각도 그렇고 제가 이 세상의 실패작인 것만 같고. 물론 지금까지 해왔던 걸 생각하면 가슴이 벅차오르죠. 눈물이 날 정도로 뿌듯하고 뜻깊은 순간들도 있었고요. 그렇지만 그런 것들은 전부 과거일 뿐이고, 이제는 과거보다는 미래를 생각해야 할 것 같아요……"

오슬로는 손님을 보며 마치 영화 속 독백 장면을 보는 듯한 기분에 휩싸였다. 이번 손님에게는 한순간에 시선을 집중시키는 능력이 있었다.

"저도 같이 마음이 안 좋네요. 고민을 다 들은 것도 아닌데……"

몰입해서 손님의 이야기를 듣던 자자도 오슬로에게 작게 이야기했다. 손님은 타닥타닥 들려오는 모닥불 소리가 마음을 편안하게 해준다는 말을 하며 잠에 빠져들었다.

"다녀올게요!"

자자의 영혼은 망토를 두르고 여자의 꿈속을 향해 멀리 날아갔다.

꿈속에 들어오자마자 자자는 신기한 경험을 했다. 그녀의 꿈은 한두가지 색으로는 표현할 수 없는 풍부한 감정으로 채워져 있었다. 과거에서부터 현재까지 쭉 이어지는 손님의 꿈 한쪽은 밝고 통통 튀는 반면, 다른 한쪽은 어둡고 무시무시했다. 자자는 밀려온 꿈의 한조각에서 그 이유를 알 수 있었다.

여자는 연극배우였다. 자신의 모습으로 살아가면서도 계속해서 또다른 누군가를 연기하며 그의 삶을 살았다. 관객들 앞에서 자신이 아닌 다른 누군가를 연기하다보면, 실제 자신이 그 사람이 된 것만 같았다. 어릴 적부터 꿈이었던 배우라는 직업에 완전히 몰두했던 여자는 대학교도 관련 학과로 진학했고, 꾸준히 연습하고 또 오디션을 봤다. 괜찮은 극단에 들어가 관객들 앞에 선 지도 몇 년째였다. 그사이 그녀의 동기 중 몇몇은 독립영화를 찍기도 했고, 드물게는 이름난 감독의 상업영화에 단역으로 출연하거나 주연 옆을 지키는 꽤 비중 있는 친구 역할로 나오기도 했다. 직접 영화를 만드는 감독이 된 친구도 있었다. 주변 소식들이 심심치 않게 들릴 때 즈음이었다. 여자가 대학교를 졸업하고 3년 넘게 꿈을 향해 나아가던 그 시기. 함께 연극을 시작한 몇몇 동기들은 하나둘 연극판을 떠나갔다. 보통은 생계 때문이었다. 낮에는 아르바이트를 하고 저녁에는 무대에 서며 근근이 생활을 이어가는 삶이었다. 그들은 미래의 가능성이 보이지 않는 그런 인생이 지긋지긋하다고 했다.

"희수야, 이거 돈 안 되는 거 알잖아. 뜨지 않는 이상…… 앞으로 어떻게 살 건데?"

"나는 이걸로 큰돈 벌 생각 없어. 연기는 내 인생이야. 내가 하고 싶은 거 하면서 살고 싶어."

늦었지만 이제라도 취업 준비를 한다며 무대를 떠난 그녀의 친구들은 희수를 걱정했다. 친구들의 마음은 당연히 알고 있었다. 함께 땀과 열정을 모았던 친구들을 떠나보내는 것이 마음 아팠지만, 그래도 희수는 아직 포기할 수 없었다.

'돈이 없으면 없는 거지. 없는 대로 살면 되는 거야.'

어릴 때부터 꿈꿔왔던 배우라는 직업, 자신의 모든 것을 쏟아부은 연극을 포기하는 건 어리석다고 생각했다. 그리고 꾸준히 그 길을 밀고 나가기로 했다. 그렇게 또 몇 년이 지났다. 그녀의 고민이 본격적으로 시작되는 장면이 뭉게구름처럼 피어올랐다. 30대가 시작하면서부터 희수는 슬슬 주변의 시선이 신경 쓰였다. 언제까지나 자신의 꿈을 응원해줄 것만 같았던 엄마조차도 그녀에게 다가가 넌지시 묻곤 했다.

"희수야, 너 언제까지 혼자 그렇게 외롭게 살 거야, 응? 극단 사람들 말고 다른 사람도 만나고 해야지. 돈은 좀 모아둔 거야?"

엄마는 조심스레 돌려 말했지만, 희수는 사소한 말 한마디에도 예민하게 가시를 세우곤 했다.

"엄마, 그만 좀 해. 그리고 나 이번 설에는 할머니 댁 안 갈 거야. 고모도 그렇고 만나기만 하면 돈 얘기, 결혼 얘기…… 지겨워 죽겠어, 진짜."

있는 대로 짜증을 낸 희수는 집을 박차고 나왔다. 요즘의 마음 같아서는 친구들도 만나기 싫었다.

과거 또다른 장면이 잠깐 나타났다 사라졌다. 희수는 대학교 친구 모임에 나갔다. 좁은 원룸에 모여 함께 오디션 준비를 하며 대사를 외우고, 호흡과 표정을 연습하던 친구들이었다. 시간이 흘러 각자 다른 길을 걷게 된 그들은 이제 희수를 제외하고는 아무도 연기를 하지 않았다. 모두 중간에 배우의 꿈을 접고 회사에 취직하거나 자영업을 시작했다.

"나 이번에 결혼 1주년 기념으로 하와이 간다. 여름휴가 제대로 즐기다 오려고."

"나는 곧 프로젝트 하나 더 맡을 거 같아서…… 이번 휴가는 물 건너갔어. 애인도 바쁘다고 하고."

"맞다, 얘들아. 나 며칠 전에 편의점 갔는데 거기에서 이상한 알바생 만났다? 내가 계산해달라고 하는데도 핸드폰만 붙잡고 있는 거야. 우리 나이 또래였는데 거기 있는 거 보면 알 만하지."

"야, 조용히 좀 해."

친구들이 왁자지껄 떠들다가 순식간에 조용해졌다. 희수 역시 아르바이트를 하면서 살고 있다는 것을 아는 친구 하나가 말하는 친구의 옆구리를 쿡 찌른 것이다. 희수는 자신 때문에 술자리 분위기가 어색해진 것 같아 당황스러웠다.

"야, 나도 이 나이 먹고 아르바이트해. 근데 난 너희가

다 포기한 연기 아직도 하고 있잖아. 부럽지?"

　분위기를 망치고 싶지 않던 그녀는 애써 표정을 숨기며 밝게 이야기했다. 친구들은 하나둘 하하, 어색하게 웃으며 다시 각자 얘기를 늘어놓았다. 희수는 아무래도 체한 것 같다고 핑계를 대고는 서둘러 그 자리에서 벗어나 버렸다. 친구들이 했던 이야기가 자꾸만 머리에서 맴돌았다. 어지럽고 울렁거렸다.

　'사람들은 다 나를 하찮게 생각하는구나.'

　'이 나이 먹고 벌어놓은 돈도 없고. 남들 다 연애하고 결혼할 때 혼자 뭐 하는 거지?'

　'나름 연극판에 오래 있었는데…… 대형 오디션에는 계속 떨어지고. 나 진짜 연기자로서 재능이 없나봐. 엉망진창이야.'

　자기비하로 얼룩진 밤이 깊어갔다. 희수가 애써 숨기고 감춰왔던 자신의 어두운 면면들이 모습을 드러냈다.

　'더 늦기 전에 다 정리하고 돈을 벌어야 하는 걸까……'

지금까지의 시간을 생각하면 마음이 아팠다. 무명 연극배우로서의 삶은 고달프고 힘들긴 했지만, 여전히 희수에게는 빛이자 희망이고 행복이었다. 이 마음 하나로 마지막 남은 힘을 짜냈다. 남들의 시선을 무시하려고 노력했다. 서서히 희수는 아무와도 연락하지 않았다. 생계를 유지하기 위해 여러 일을 했고 평일 저녁과 주말엔 관객들 앞에서 연극을 했다. 영화를 찍던 대학 선배의 추천으로 간간이 상업영화 엑스트라로 출연하기도 했다. 그러나 이마저도 희수가 30대 중반을 바라보자 새로운 가능성을 가진 어린 배우들에게 기회가 넘어갔다.

그때 즈음 희수는 큰 스튜디오에서 아르바이트를 시작했다. 그저 사진 기사의 보조 업무였지만, 시간이 지날수록 점점 사진이라는 것 자체에 관심이 생겼다. 피사체가 움직이는 방향에 따라 역동성과 생동감이 생기는 점이 신기했고 빛의 방향이 그 사진의 분위기를 결정하거나 혹은 완전히 뒤바꾼다는 것이 신선하게 다가왔다. 늘 누군가의 앞에서 피사체가 되던 희수였기에 그 피사체를 포착해 표현할 수 있는 사진에 관심이 갔다.

"희수씨, 그냥 이쪽으로 넘어와. 저번에는 우현씨 대신해서 직접 사진도 찍었잖아. 그때 우리 다 놀랐어. 감이 있는 것 같은데…… 정식으로 일하게 되면 정규직 월급도 나올 거고."

스튜디오 사람들은 다정하고 친절했다. 희수가 일을 대충 하지 않는다는 걸 알고 그녀에게 정식으로 일을 해보지 않겠냐고 말을 꺼낸 것이었다. 그도 그럴 것이 몇달 사이 보조 일을 맡던 희수는 전문 사진 기사인 우현을 도와 인물의 몸 방향을 바꾸거나 표정을 연출하며 빠르게 성장했다. 그러나 연기 연습을 하고, 오디션을 보고, 연극 무대에도 오르려면 온전히 사진에 몰두하기에는 무리가 있었다. 인생 앞에 갈림길이 놓인 것만 같았다.

꿈속의 마지막 장면이 파도처럼 자자의 눈앞으로 밀려왔다. 희수는 고민했다. 평생 소망했던 일과 현실적인 선택 사이 어딘가였다. 더구나 며칠 전, 좋은 오디션이 들어왔다. 이 오디션에 합격하면 그녀는 유명한 감독의 영화에 조연으로 발탁되어 이름을 알릴 수 있을 터였다. 그러나 평생을 이렇게 불안정하게 살아야 할지 고민이 되었다. 이 오디션에 붙는다면 붙는 대로 앞으로의 삶이 걱정되었고, 떨어진다면 어정쩡하고 애매하게 연기를 그만두게 될 것 같았다. 차라리 오디션을 보지 않아야겠다는 생각도 들었다.

'사진이 연기를 포기할 만큼 좋은 걸까? 그저 안정감 때문에 선택하는 것 같아. 후회할지도 몰라. 뭐가 맞는 거지? 그냥 불안한 마음이야.'

잠을 이루지 못하는 하루하루가 이어졌다. 그렇게 희수의 꿈이 막을 내렸다. 밤하늘처럼 까맣게 물든 자자의 눈동자에 손톱달이 저물고 다시 노랗고 빛나는 부엉이의 눈으로 돌아왔다. 오슬로도 자자가 현실로 돌아옴과 동시에 부엉이 수면안대를 벗었다.

"자자, 돌아왔어? 손님한테 추천해줄 물건을 한번 살펴보자."

자자도 손님의 머리에서 자신의 머리를 조심스럽게 떼고는 얼른 오슬로의 어깨로 날아갔다. 아직 손님은 깊이 잠들어 있었다. 오슬로는 차분하게 진열장의 꿀잠 아이템들을 살펴보았다.

꿈에서 비를 흠뻑 맞은 사람을 위해
◦ 보송보송 녹색 우산과 수건

마음에 붙은 먼지를 깨끗하게 씻어주세요
◦ 몸과 마음을 정화하는 유리알 비누

꽁꽁 얼어붙은 마음을 가진 손님을 위해
◦ 고민을 화르륵 태워주는 화롯불 무드등

며칠 전, 새로 만든 꿀잠 아이템들이었다. 오슬로는 가지런히 진열된 꿀잠 아이템을 천천히 살펴보다가 손을 뻗어 조심스럽게 하나를 꺼냈다. 자자도 궁금하다는 듯 눈

을 더 크게 뜨고 오슬로가 꺼내는 물건을 이리저리 살펴
보았다.

"이건 뭐예요?"

"손님이 일어나면 설명해줄게. 이 꿀잠 아이템이 손님
에게 도움을 주면 좋겠어."

어느덧 창문 너머로 저녁이 슬그머니 다가오고 있었
다. 해질 무렵의 졸인 설탕 같은 냄새가 잠을 깨운 것인

지, 희수는 부스스 머리를 헝클어뜨리며 일어났다.

"하암, 제가 잠들어버렸네요. 오래 잤나요?"

"30분 정도 주무신 것 같아요. 좀 개운해지셨나요?"

"네, 정말 개운해요. 매일 잠들기 위해 애를 써야 겨우 잘 수 있었거든요. 그나저나 이 공간, 연극의 무대로 꾸며보고 싶어요. 제가 사장님의 역할을 하고……"

희수는 습관적으로 연극의 무대를 떠올렸다.

"저희 꿀잠 선물 가게가 연극으로 만들어지면 정말 재미있겠네요."

오슬로의 대답에 조수 부엉이 자자의 눈이 반짝하고 빛났다.

"저도! 저도 엄청 멋있게 나오겠죠?"

오슬로에게 말하고 후다닥 거울 앞으로 날아가 날카로운 부리와 큰 눈을 비춰보는 자자였다. 오슬로와 희수도 그런 자자가 귀여운지 마주 보고 웃었다.

"저희 조수 부엉이 자자도 멋있게 나오겠네요. 이쪽으

로 와보시겠어요? 손님께 추천해드릴 꿀잠 아이템이 있습니다."

미소를 머금은 오슬로가 손님에게 손짓했다. 오슬로가 희수에게 건넨 물건은 레몬색과 하늘색이 섞인 체크무늬 잠옷이었다. 아늑하고 편안한 냄새가 묻어 있었다. 상의의 어깨 부분에는 램프 모양이 그려져 있었고 그 부분에서 반짝반짝 빛이 났다.

"램프 잠옷입니다. 이 잠옷을 입고 자면 꿈속에서는 누구든지 될 수 있도록 해주죠. 당근과 감자를 수확하는 농부가 될 수도 있고 하늘을 나는 파일럿이 될 수도 있어요. 희수씨가 평소에 해보고 싶었던 일들이 꿈속에서는 자유롭게 펼쳐진답니다. 그렇지만 미래의 모습은 정해져 있지 않아서 볼 수는 없어요."

오슬로는 램프 잠옷의 효능에 대해 차분하게 설명했다.

"지금 희수씨에게 가장 필요한 건 용기예요. 무언가 새로 시작하거나 혹은 끝까지 밀고 갈 수 있게 해주는 용기요. 램프 잠옷은 그 용기를 심어준답니다. 꿈속에서 희수씨가 상상한 많은 것들을 경험하면 어느 순간 용기가 마음속에 생길 거예요. 물론 자신의 의지가 가장 중요하지만요."

"정말 신기한 잠옷이네요. 사장님 말씀대로 지금이 제 인생에서 가장 용기가 필요한 순간인 것 같아요. 저도 제가 늦지 않았다고 생각하려고 많이 노력했는데, 그게 혼자는 잘 안 되더라고요. 이 아이템으로 용기를 얻을 수 있을까요?"

희수의 눈이 흔들리고 있었다. 오슬로는 그런 손님에게 확신에 찬 목소리로 답했다.

"네. 의지만 있다면 이 잠옷이 희수씨에게 큰 도움이 될 겁니다. 희수씨가 지금껏 좋아하는 일을 꾸준히 해온 것도 모두 희수씨의 용기 덕분이잖아요. 아까 꿈속에서 봤어요. 관객들 앞에서 연극을 마치고 박수와 환호를 받는 희수씨를요. 정말 멋지더라고요. 가기 전에 사인 한번 부탁드려요, 배우님."

그때의 벅찬 마음이 떠올랐는지 희수의 눈에 눈물이 살짝 맺혔다.

"최근에는 연극을 시작한 것 자체를 후회했어요. 이런 생각을 하는 저 자신이 실망스러웠고 스스로에게 놀라기도 했죠. 아름답고 반짝였던 그 시기를 미워하게 될까봐 두려웠어요. 그 혼란스러운 시기에 다른 길이 나타났어요. 그런데 그 길이 맞는지, 내가 계속 좋아할 수 있는 일인지 확신이 없어요. 지금 당장의 안정감 때문에 선택하기는 싫거든요."

오슬로는 희수의 이야기를 듣고 고개를 끄덕거렸다. 손님의 두렵고 혼란스러운 마음을 충분히 이해할 수 있었다.

"그래도 꿀잠 선물 가게에 와서 제 솔직한 마음을 다 터놓으니 훨씬 가벼워졌어요. 감사해요."

희수는 처음 꿀잠 선물 가게를 방문했을 때보다 밝은

얼굴이었다. 사인은 어디에 하면 좋겠느냐고 농담조로 물었다.

"저는 정말 진심으로 말한 거예요. 나중에 희수씨가 정말 배우로 성공하게 되면 저희 꿀잠 선물 가게도 유명해지지 않을까요? 종이 여기 있습니다."

'야망이 가득하군…… 역시 사장이야.'

그녀에게 꼿꼿하게 종이를 건네는 오슬로를 보며 자자는 고개를 내저었다.

"하하, 제 사인이 꼭 나중에 유용해지면 좋겠네요."

번창하세요.
다정한 사장님과 멋진 부엉이 자자!

꿀잠 선물 가게에서 달콤한 잠을 자고 간 박희수.

문장의 마침표를 찍은 그녀가 환하게 웃었다.

"이 잠옷이 램프의 요정처럼 희수씨 인생의 다음 막을

열어주면 좋겠네요.”

오슬로와 자자는 물건의 값을 지불하고 나가는 희수를
배웅했다.

“벌써 극의 2막이 열린 기분이야.”

“그러게요. 램프 잠옷이 벌써 마법을 부린 걸까요?”

조금씩 밤바람이 차가워졌다. 자자는 얼른 가게 밖으
로 나가 문의 팻말을 돌렸다.

CLOSE

반짝 안경닦이

특별한 손님의 방문이 있는 날. 밝은 햇살이 꿀잠 선물 가게를 휘감았다.

"손님에게 대접할 음식 중에 바질파스타가 있었는데…… 장을 보러 갔을 때 제일 중요한 바질을 까먹었지 뭐야. 살짝 졸았나봐."

오슬로는 머리를 긁적였다. 그 소리를 들은 자자는 작게 한숨을 쉬었다. 추웠던 날씨가 포근해지며 점점 완연한 봄을 향해 가고 있었다. 날이 따뜻해질수록 오슬로가 더 자주, 더 많이 졸았다.

"제가 못 따라갔다고 이러면 안 되죠! 꼼꼼하게 챙겨야 한다고요."

야행성인 부엉이에게 낮은 꽤 피곤한 시간이었다. 그럼에도 꿀잠 선물 가게의 믿음직한 조수이자 투철한 직업

정신을 가진 자자는 몰려오는 졸음을 꾹 참고 낮에도 자리를 지켰다. 그러다보니 어느 순간부터 야행성이었던 야생의 습성을 버리고 밤에 잠을 자게 되었다. 그러나 가끔 그 기질이 드러나 뜬눈으로 밤을 지새운 다음 날은 꾸벅꾸벅 졸기도 했다. 어제도 마찬가지였다. 꿀잠 선물 가게의 영업이 종료되자마자 단잠에 빠진 자자를 두고는 오슬로 혼자 마트에 간 것이었다.

"왜 내가 갈 때마다 이런 일이 벌어지지…… 자꾸 하나씩 빼먹네."

요전에도 오슬로는 카레를 만들기 위해 자자 없이 재료를 사러 나갔다가 가장 중요한 카레 분말을 빼먹고 왔다.

"제가 얼른 가서 사 올게요. 과일도 좀더 사려고요."

"고마워, 자자. 청소만 아니면 내가 다녀올 텐데…… 잠시만, 메모를 써서 목에 걸어줄게."

자자가 하는 말은 보통 사람들의 귀에는 들리지 않았기 때문에 자자가 홀로 마트에 갈 때면 오슬로가 필요한 것들을 메모지에 적어 목에 걸어주었다. 자자가 밖을 나갈 때 걸고 다니는 열쇠 목걸이에 메모지 한장이 함께 걸렸다.

안녕하세요, 꿀잠 선물 가게 오슬로입니다. 저희 조수 부엉이 자자는 심부름 중입니다. 아래 음식들을 챙겨주세요!
– 바질 2팩
– 사과 3개
평소와 같이 장바구니에 넣어주시면 자자가 챙길 거예요. 계산은 자자가 직접 할 테니 얼마인지 말씀해주시면 됩니다.

꿀잠 선물 가게의 조수 부엉이를 알고 있는 직원들을 위한 메모였다. 자자가 마트에 도착해 큰 눈을 또랑또랑 뜨고 있으면 직원 중 한 사람이 메모를 확인한 뒤 필요한 것들을 챙겨주었다. 자자를 처음 본 직원들은 물건값을 정확히 지불하는 부엉이를 신기하게 여기기도 했지만, 자주 본 직원들은 자자가 늘 정확하게 돈을 내고 야무지게 장바구니를 챙긴다는 것을 알고 있었다.

오슬로의 메모는 목에, 장바구니는 발톱에 건 자자가 문밖으로 훌쩍 날아갔다. 자자가 산책로 너머로 사라지는 걸 본 오슬로는 활짝 열린 가게 문이 닫히지 않도록 고정해두었다. 창가의 식물들이 충분히 영양을 공급받을 수 있도록 창문도 열었다. 먼지떨이를 이용해 유리 진열장에 내려앉은 먼지들을 쓱쓱 날려보냈고, 진열장 안에 보관된 꿀잠 아이템들도 하나씩 꺼내서 닦았다. 점점 따뜻해지는 날씨에 사용이 뜸해진 벽난로의 재도 빗자루로 말끔하게 털어냈다. 체크무늬 잠옷들과 자자의 망토도 깨끗하게 빨아 테라스에 널었다. 섬유유연제 향기와 기분 좋은 햇살 냄새가 자자와 오슬로의 옷에 스며들었다. 한창 가게를 청소하다보니 저 멀리 단단한 발톱에 장바구니를 걸고 가게 쪽으로 날아오는 자자가 보였다.

"날씨가 좋아서 훨훨 나는 맛이 있던데요? 아, 그리고 마을 초입에 만화 카페가 생겼더라고요. 다음에 같이 가요!"

오슬로는 그런 자자의 말에 하나하나 맞장구치며 자자가 사 온 것들을 확인했다.

"그나저나 사과 먹고 싶다고 했잖아. 지금 하나 씻어 줄까?"

"아뇨, 다음에 파이를 만들어주세요!"

"좋아. 슬슬 배가 고프네. 실내 청소도 얼추 마무리했고, 이제 손님이 올 시간이 별로 안 남았으니 요리를 시작해야겠어!"

자자도 고개를 끄덕이고는 가게 외관을 살피러 다시 훌쩍 날아갔다. 봄바람이 살랑이며 가져온 꽃가루들이 테라스와 가게 주변에 쌓여 있었다. 빗자루를 발톱에 걸고 청소를 하던 자자를 알아본 동네 주민들도 반갑게 인사했다. 자자도 날개를 활짝 펼쳐 반가움을 표했다. 그사이 오슬로는 음식을 만들었다. 오늘 손님에게 대접할 메뉴는 세가지. 고소하고 상큼한 두부샐러드, 소고기와 토마토소스가 듬뿍 들어간 라자냐, 향긋한 바질오일파스타였다.

　오슬로는 먼저 샐러드를 준비했다. 마트에서 산 싱싱한 채소들을 씻어서 손질한 뒤 부드럽고 고소한 연두부를 큐브 모양으로 잘랐다. 방울토마토와 딸기도 반으로 잘라 넣고, 자자가 사 온 사과도 사각사각 썰어 넣었다. 유자청을 활용한 드레싱은 전날 미리 만들어두었다. 손님에게 내기 직전, 드레싱을 뿌려주기만 하면 완성이었다. 다음 메뉴는 라자냐. 어젯밤 토마토와 양파, 샐러리 그리고 다진 소고기를 넣고 오랫동안 끓인 라구소스를 면과 면 사이에 층층이 쌓아 기본 틀을 잡아두었다. 오븐에 넣고 기다리자 기가 막히게 맛있는 냄새가 꿀잠 선물 가게를 가득 채웠다. 마지막은 파스타였다. 익힌 파스타 면에 오일을 듬뿍 넣고 바질소스를 넣었다. 바질페스토 안에 들어간 파마산치즈가 고소함을 더했다. 완성된 파스타를

접시에 나누어 담고 오븐에서 뜨거운 라자냐를 꺼내자마자 자자가 가게 안으로 들어왔다.

"지금 손님이 산책로를 따라서 오고 있어요!"

"음식도 거의 다 되어가. 청소하느라 수고했어, 자자."

오슬로는 준비한 음식들을 테이블에 올려두고는 손님이 들어오기를 기다렸다. 열린 문 사이로 익숙한 얼굴이 보였다.

"사장님, 자자야! 저 왔어요. 맛있는 냄새가 멀리서부터 나네요. 식사 초대해주셔서 감사합니다."

"안녕하세요, 우준씨! 오랜만에 뵈어요. 며칠 전에 연락을 주셔서 맛있는 음식을 준비했답니다. 입에 잘 맞으시면 좋겠네요."

"벌써 군침이 돌아요. 참, 이건 제가 직접 만든 밤파이입니다. 출출하실 때 간식으로 챙겨 드세요."

꿀잠 선물 가게를 방문한 사람은 오슬로와 비슷한 또래의 남자였다. 하늘색 셔츠에 검정 베스트를 입고, 편안한 슬랙스를 입고 온 그는 손에 한가득 선물을 든 채로 함박웃음을 짓고 있었다. 2년 전 즈음, 꿀잠 선물 가게에 고민이 있어 찾아왔던 우준은 그후로도 잊을 만하면 가게를 찾는 단골손님이었다.

"파이 잘 먹겠습니다. 여기 앉으세요."

자자가 익숙한 듯이 손님 곁으로 날아가 어깨에 앉았다. 오슬로 이외에 자자가 이만큼이나 친밀함을 표시하는 사람은 우준이 유일했다.

"자자, 잘 지냈지? 요새 바빠서 많이 못 들렀네."

우준도 그런 자자가 익숙한 듯 부드럽게 날개를 쓸어주었다. 그들은 식사를 하며 이야기꽃을 피웠다.

"와, 음식들이 다 너무 맛있는데요? 사장님이 자주 만들어주시던 팬케이크보다 더 맛있네요."

우준은 입을 우물거리며 맛을 음미하고는 눈을 빛냈다.

"다행이네요. 그나저나 요새는 좀 어떠세요?"

"잘 지내죠. 그렇지만 온기 없는 집에 혼자 있는 건 아직 좀 힘들어요.”

옛 생각이 나는지 우준의 눈에서 작은 슬픔이 일었다. 오슬로는 과거 그가 처음 꿀잠 선물 가게를 방문했을 때가 기억났다.

∘∘∘

바람이 살랑살랑 불어오는 오전이었다. 창문에 소라색의 실크 커튼을 쳐두어서 그런지 파도가 넘실대는 것 같았다. 앞선 손님이 다녀간 후 또다시 소파로 느릿느릿 걸어가는 오슬로를 보고 자자도 이번엔 눈을 흘기지 않고 창가로 날아가 햇살을 즐겼다. 가만히 앉아 있기만 해도 잠이 솔솔 오는 날씨였다. 그때, 가게의 창문으로 마을 산책로를 걷는 한 사람이 자자의 눈에 들어왔다.

“아무래도 곧 손님이 오실 것 같아요.”

어둠이 드리운 남자의 모습에 자자는 얼른 소파로 날

아가 오슬로의 머리카락을 잡아당겼다.

"알겠어. 오늘따라 더 나른하네."

오슬로는 열심히 손가락을 맞부딪치며 일어났다. 오슬로가 간신히 잠을 쫓아내자마자 가게의 종이 울렸다. 그는 졸지 않은 척 태연하게 손님에게 인사했다.

"안녕하세요, 꿀잠 선물 가게입니다. 반갑습니다!"

"아, 네…… 안녕하세요……"

모자를 푹 눌러쓴 손님은 표정을 들키고 싶지 않은지, 혹은 슬픔에 짓눌린 것인지 여전히 고개를 숙인 상태였다. 오슬로는 얼른 편안한 의자로 손님을 안내했다.

"여기까지 오느라 멀지는 않으셨나요?"

"네, 괜찮았어요. 산책로 바로 앞에 살고 있거든요."

오슬로가 밝게 말을 걸어도 손님의 고개는 올라올 기미가 보이지 않았다. 자자도 눈치를 살피다 주방으로 날아가 꿀차를 만들었다. 의자에 앉아 계속 한숨만 내쉬는 손님이 걱정된 오슬로는 꿀잠 창고에서 무언가를 꺼내

왔다.

"제가 며칠 전에 만든 건데 괜찮아 보이나요?"

오슬로는 하늘색과 흰색이 섞인 테이블보를 손님 앞에 펼쳐보았다. 계절에 맞춰 바닷빛의 커튼과 세트로 만들어두었던 것이었다. 가게 안이 전보다 환해진 느낌이었다.

"아, 네. 예쁩니다. 제가 정신이 없어서……"

그런 오슬로의 노력이 느껴졌는지 그제야 남자도 고개를 들고 미소를 머금었다.

"괜찮습니다. 저는 꿀잠 선물 가게 사장 오슬로라고 하고 이쪽은 저희 가게의 조수 부엉이 자자예요."

꿀차를 손님 앞 테이블에 올려둔 자자가 어느새 오슬로의 어깨에 날아와 앉아 있었다.

"저는 이우준이라고 해요. 여기 오면 그래도 잠을 좀 잘 수 있게 해준다고 해서…… 집에서 오랜만에 나왔어요. 한동안 잠을 너무 못 잤더니 지금이 낮인지 밤인지,

몇시인지도 잘 모르겠어요. 피곤하지도 않고……"

남자는 어딘가 슬픈 눈으로 오슬로의 어깨에 올라온 자자를 빤히 쳐다보았다.

"그 마음 이해합니다. 저희 꿀잠 선물 가게의 불면 해결 방식은 알고 오셨을까요?"

"네, 알고 왔어요. 주신 꿀차에 마법이 섞인 거죠? 부엉이가 제 꿈속으로 잠깐 들어오고요. 저한테도 알맞은 꿀잠 아이템이 있다면 좋겠네요."

가만히 듣고 있던 자자가 곁에서 속삭였다.

"손님이 알고 오시긴 했지만, 혹시 걱정하실 수도 있으니 제가 꿈에서 다른 세세한 것들은 볼 수 없다고 말해주세요!"

오슬로가 자자의 부리를 한번 쓰다듬고는 고개를 끄덕였다.

"이미 다 알고 오셨다니 다행이네요. 덧붙여 한가지 더 말씀드리자면, 저희 조수 부엉이 자자는 손님의 불면에 관련된 부분만 볼 수 있답니다. 다른 것들은 볼 수 없으니 안심하셔도 돼요. 방금 제가 놓친 부분을 자자가 옆에서 말해줬네요.”

자자도 오슬로의 말이 끝나자 날개를 활짝 펼쳤다. 우준은 그런 부엉이가 신기한 건지 아까부터 자꾸만 자자를 빤히 쳐다보고 있었다. 꿀차를 마시면서 눈을 창밖으로 돌린 우준은 곧이어 무엇인가를 보고 한숨을 쉬었다. 오슬로가 우준의 시선을 따라가니 강아지와 산책 중인 마을 주민이 보였다.

“저도 저희 벼리가 너무 보고 싶어요. 이렇게 맑은 날 걷던 걸 좋아하는 아이였는데……”

말끝을 흐리던 우준은 과거의 기억이 떠오르는지 잠시 말이 없었다. 오슬로는 더 묻지 않고 가만히 손님을 기다렸다. 잠시 뒤, 잠든 우준의 숨소리가 들렸다. 피곤하지 않다고 했지만, 잠들자마자 그간의 지친 마음이 얼굴에 그대로 드러났다. 자자는 오슬로의 어깨에서 내려와 손

님의 곁으로 갔다. 그의 머리에 자신의 머리를 가만히 기
댔고, 곧이어 자자의 영혼이 우준의 꿈속으로 쑥 빨려들
어갔다. 오슬로도 자신의 자리로 돌아가 부엉이 수면안
대를 썼다.

우준의 꿈속으로 들어가자 밝은 기운이 자자를 감쌌
다. 벼리가 처음 우준과 가족이 되었을 때, 공원에서 사진
을 같이 찍었을 때, 잠이 안 와 뒤척이던 우준 옆으로 벼
리가 다가와 자신의 온기를 나누어주었을 때…… 여러 기
억의 단편들이 꿈속에서 빠르게 지나갔다. 그 조각들은
봄의 햇살만큼 따뜻하고 편안했다. 자자는 우준의 슬픔
이 담겼을 꿈속 깊은 곳으로 더 날아갔다. 밝고 단단했던
세계가 어느 순간부터 천둥이 치고 번개가 번쩍거렸다.
큰 폭풍우가 칠 모양이었다. 하나의 장면이 자자의 눈에
펼쳐졌다.

"선생님, 며칠 전부터 저희 벼리가 숨을 잘 못 쉬는 것
같아요. 밤에 가끔 캑캑거리는 소리도 들리고…… 몇년

전에 심장병 의심이 되긴 했었는데 다행히 잘 넘어갔거든요."

"음…… 지난번 검진에서도 심하진 않지만 초음파가 불안정하긴 했네요. 일단 정확한 건 검사를 해봐야 알 것 같아요. 노화로 몸이 전체적으로 약해졌을 수 있어요."

우준도 알고 있었다. 좋아하는 산책을 할 때도 예전만큼 오래 걷지 못하고 안아달라고 하는 벼리. 맛있는 간식을 줘도 예전만큼 많이 먹지 못하고 토해버리는 벼리. 밤에 들리는 호흡이 불규칙하고 가끔 숨을 쉬지 못하는 벼리. 그런 벼리를 지켜보면서 우준은 지나간 날들이 후회스러웠다.

'내가 더 신경 썼어야 하는 건데. 나는 너 없이 살 준비가 안 됐어, 벼리야. 내 곁에서 조금 더 있어줘.'

자신이 힘들 때나 기쁠 때나, 슬플 때나 즐거울 때나 함께 있어주던 벼리가 영영 사라진다고 생각하면 가슴이 먹먹하고 눈앞이 까매졌다. 여러 검사가 끝나고 작은 몸을 웅크린 채 떨고 있는 벼리를 안고 우준은 기도했다.

'이번에도 잘 넘어갈 수 있기를. 아직은 널 보낼 마음의 준비가 되지 않았어.'

며칠 뒤, 우준은 검사 결과를 듣기 위해 떨리는 마음을 붙잡고 진료실에 들어갔다.

"몇 달 사이에 심장병이 빠르게 진행되었어요. 여기 보이시죠? 지난 검진 때 사진과 비교하면 현재 상태가 많이 안 좋습니다. 조금 지나면 가만히 있어도 호흡을 제대로 못 할 거예요. 나이가 어리면 수술을 권할 텐데 노견에겐 굳이 권하지 않아요. 약도 독하고…… 어떻게 하시겠어요? 결정은 보호자 몫입니다. 신중히 생각해보시고 말씀해주세요."

우준은 결국 고민하다 수술을 선택했다. 벼리가 자신의 곁을 떠나는 걸 이대로 두고 볼 수만은 없었다. 다행히 수술은 성공적으로 끝났지만, 회복 기간 중 벼리는 약해진 몸에 독한 치료제를 버티지 못하고 결국 무지개다리를 건넜다. 떠나간 벼리의 장례를 치러주면서도 우준은 제정신이 아니었다. 폭풍우가 몰려올 것 같던 그의 꿈속에서 천둥 번개가 치고 비가 마구 쏟아졌다.

우준의 마지막 꿈속 장면이 떠올랐다. 벼리가 떠난 지 1주. 10년이 넘는 세월 동안 함께 지나다녔던 거리를 볼 때마다 콧날이 시큰했다. 밖에 나갔다 들어오면 꼬리를 흔들며 자신을 반기던 벼리의 모습이 아른거렸다. 집의 적막이 싫어 종일 TV를 켜두기도 했다. 슬픔에 잠겨 집에서 나오지 못하던 우준의 집에 누나가 찾아왔다.

"너 어제도 잠 못 잤어? 눈 실핏줄이 다 터져서…… 밥도 좀 먹고! 이러면 하늘에 있을 벼리가 더 슬퍼해. 기운 차려야지."

누나는 우준의 냉장고에 반찬들을 넣으며 말했다.

"우준아, 너 꿀잠 선물 가게라고 알아?"

우준은 무기력하게 고개를 저었다.

"거기 가면 불면에 도움이 되는 물건을 살 수 있대. 참,

그리고 거기 귀여운 부엉이가 있다고 했어."

"부엉이?"

우준의 눈길이 드디어 누나에게 향했다.

"그래. 부엉이가 가게의 조수인데, 사람들의 꿈에 들어갔다가 나와서 불면의 이유를 파악한다고 했어. 신기하지? 못 믿겠지만 거기 후일담이 장난이 아니라니까. 불면증을 앓았던 사람들 사이에서는 이미 유명해."

누나의 권유에 알겠다며 마지못해 대답하긴 했지만, 벼리가 떠난 뒤 찾아온 우울감을 떨치지 못하고 결국 다시 자리에 누웠다. 그러나 그뒤로 이틀간 또 뜬눈으로 밤을 샌 우준은 고민 끝에 꿀잠 선물 가게로 찾아온 것이었다.

자자는 꿈속에서 그 모습을 모두 지켜보고는 다시 훨훨 날아 꿈 밖으로 빠져나왔다. 몇 분이 흘렀을까. 부스스 눈을 뜬 손님은 습관적으로 의자 아래 바닥을 두리번거렸다. 꿈속에서 보기 전까지는 몰랐지만 이제야 손님의 행동 하나하나가 모두 자신의 반려견을 그리워하는 행동이라는 것을 자자는 알았다. 오슬로도 그 모습을 지켜보다가 진열장 쪽으로 손짓했다.

"이쪽으로 와주시겠어요? 꼭 맞는 꿀잠 아이템을 추천해드릴게요."

"네, 오랜만에 복잡한 생각 없이 잠들 수 있었어요. 감사합니다."

자자는 진열장 쪽으로 비몽사몽 다가오는 손님의 어깨에 살그머니 앉았다. 처음엔 우준이 어깨를 움츠리며 긴장하는가 싶더니 곧 부엉이의 부드러운 깃털을 조심스럽게 쓸었다. 자자의 마음이 전달된 모양이었다.

"잘 주무셨다니 다행이에요. 손님께 추천해드릴 아이템을 생각해보다가 안경닦이가 떠올랐어요. 제가 벼리와 우준씨를 자수로 새겨드리고 싶은데…… 괜찮으실까요?"

오슬로의 입에서 벼리의 이야기가 나오자 우준의 얼굴이 순간 밝아졌다.

"벼리 모습을 그려주신다니 좋죠. 그런데 안경닦이는 집에도 많아서요……"

머뭇거리는 그를 보며 오슬로가 환하게 웃었다.

"제가 드리는 건 평범한 천으로 만든 안경닦이가 아니에요. 사진 한장을 보내주시면 그 장면을 새겨드릴게요. 꿀잠 아이템이 완성되면 택배로 보내드리겠습니다. 안경닦이의 효과도 함께 적어서요. 저를 믿고 한번 사용해보세요."

우준은 여전히 믿지 못하는 눈치였지만 고개를 끄덕이고는 값을 지불했다. 그리고 가게를 나가기 전, 벼리와 자신이 함께 있는 사진 한장을 오슬로에게 보냈다. 조금의 시간이 흘렀다. 오슬로는 그새 부드럽고 따뜻한 천으로 '반짝 안경닦이'를 만들었다.

안녕하세요, 우준씨. 꿀잠 선물 가게의 오슬로입니다. 우준씨께 드리는 꿀잠 아이템, 반짝 안경닦이를 택배로 보냅니다. 이 반짝 안경닦이에는 특별한 마법이 들어가 있어요. 이 천으로 안경을 닦으면 벼리의 모습이 잠시 생생하게 나타날 거예요. 하늘에서 벼리가 우준씨에게 하고 싶은 말을 할 수도 있고, 날씨가 좋은 날 산책 갔던 장면이 떠오를 수도 있어요. 벼리가 하고 싶었던 이야기가 모두 끝나면 그와 동시에 이 안경닦이는 평범한 자수 천으로 돌아갑니다. 소중한 누군가를 떠나보내는 일은 어렵고 힘들죠. 우준씨에게 이 아이템이 위로가 되기를 바랍니다. 저희 꿀잠 선물 가게를 방문해주셔서 다시 한번 고맙습니다.

반짝 안경닦이에는 초여름의 싱그러운 분위기가 가득했다. 하얀색과 초록색이 적절히 조합된 부드러운 천에 벼리와 우준이 웃으며 산책을 하는 장면이 작게 자수로 새겨져 있었다. 그들의 머리 위로는 반짝거리는 햇살도 담겼다. 우준이 오슬로에게 보낸 사진과 똑같은 장면이었다. 벼리가 우준에게 해줄 말이 많을 것을 알고 있던 오슬로는 그에게 딱 어울리는 꿀잠 아이템이 될 거라고 생각하며 흐뭇한 미소를 지었다. 그리고 며칠 후, 우준이 꿀잠 선물 가게를 다시 찾았다.

"안녕하세요, 사장님. 자자도 안녕?"

"꿀잠 아이템이 효과가 있었나요? 얼굴이 많이 밝아지신 것 같아서 제가 다 기분이 좋네요."

우준을 감싼 공기가 그전보다 훨씬 산뜻해졌다고 느낀 오슬로였다.

"네, 감사하다는 말씀 전하고 싶어서 다시 왔어요."

우준은 오슬로가 보낸 택배를 받자마자 바로 안경닦이를 사용했다. 부드러운 천으로 자신의 안경을 쓱 닦자 놀라운 일이 벌어졌다. 우준의 안경에 잠시 비친 벼리는 예전처럼 밝고 건강한 모습이었다. 공원에서 함께 걷다가 고개를 들어 우준을 쳐다본 벼리는 혀를 조금 내밀고 멍! 하며 짖었다. 그뿐이었는데 신기하게 벼리의 마음이 들렸다. 벼리는 그동안 너무 행복했다고, 괜찮으니 걱정 말라며 우준에게 말했다. 눈물이 가득 차오른 우준이 벼리를 들어 꽉 한번 안자마자 벼리가 스르륵 사라졌다. 그후에도 벼리가 보고 싶을 때마다 반짝 안경닦이를 이용해 벼리의 모습을 보았다. 더는 힘들어하거나 슬퍼하지 않았으면 좋겠다는 벼리의 말에 우준도 점점 안정을 찾아갔다. 그리고 어느 순간 반짝 안경닦이를 사용해도 벼리가 눈앞에 나타나지 않았다. 벼리가 우준에게 하고 싶던 이야기가 끝이 나자 마법이 사라지고 평범한 천으로 돌아간 것이었다. 그래도 우준은 예전만큼 힘들지 않았다. 벼리의 진심을 들었기 때문이다. 오슬로는 그간 손님에게 있었던 일을 천천히 듣고는 고개를 끄덕였다.

○○○

"와, 정말 배가 터질 것 같아요. 정말 맛있게 잘 먹었습니다."

"다음번에는 맛있는 빵도 만들어드릴게요. 바쁘지 않으실 때 또 놀러 오세요!"

오슬로와 우준이 당시를 추억하며 대화하는 사이 자자가 아쉽다는 듯 자신의 접시에 덜어둔 샐러드를 콕콕 찍어 먹었다.

에
필
로
그

오슬로는 식은땀을 흘리며 눈을 떴다. 천천히 일어나 거실로 나오자 아직 날이 밝지 않은 새벽이었다. 짙은 안개가 산책로를 감쌌고, 반짝이던 달빛의 흔적이 꿀잠 선물 가게에 설핏 머물고 있었다. 조수 부엉이 자자만이 눈을 빛내며 창가에 걸터앉아 있었다.

"자자, 나 악몽을 꿨어."

"해가 서쪽에서 뜰 일이네요! 매일 입을 귀에 걸고 자면서…… 무서운 꿈이었어요?"

"가게가 갑자기 눈앞에서 사라져버리고 자자 너는 어디론가 빨려들어가고…… 그러다 혼자 덩그러니 남은 꿈이었어. 어제 잠들 때는 괜찮았는데 갑자기 악몽이 시작되더니 못 깨겠더라고. 근데 너는 왜 벌써 일어났어?"

"야행성 부엉이니까요! 가게를 지켜야죠!"

부리를 뾰족하게 세우며 우쭐거리는 자자가 귀여운지 오슬로가 살짝 웃었다.

'야행성이라고 하기에는 이제 생활 습관이 완전히 바뀐 것 같지만……'

그는 자자의 기를 살려주려 엄지손가락으로 으뜸 표시를 했다.

"조금 더 잘래? 아직 너무 새벽이야. 오늘도 열심히 가게를 운영해야 하잖아!"

"맞아요. 조금 졸린 것 같기도 하고……"

"아늑한 침대가 우리를 기다리고 있어."

오슬로가 침실로 들어가자 자자도 그를 따라 쪼르르 방으로 들어갔다. 끝까지 자신은 야행성이라며 횃대에서 꾸벅꾸벅 졸던 자자는 결국 포근한 오슬로의 품에서 곤히 잠들었다. 자자가 곁에 있어서인지 오슬로도 악몽을 꾸지 않고 편안하게 잠을 잘 수 있었다.

시간이 얼마나 지났을까. 창문 틈 사이로 아침을 맞이

하는 새소리가 들렸다. 자자는 간신히 뜬 눈을 껌뻑이며 자다가 눌린 깃털을 정리하기 위해 오슬로 품속에서 나왔다.

'야행성이라고 해놓고 너무 잤네.'

부리로 깃털을 쓸어내리며 자자가 몸을 크게 부풀렸다. 자자는 자신이 부엉이 중에서 가장 크다고 생각하며 살았다. 사과 네알을 쌓아놓은 높이였지만 말이다.

"벌써 해가 떴어요. 가게 문을 열어야죠!"

자자는 부리로 콕콕 오슬로를 쪼아대고는 밖으로 훌쩍 날아갔다. 주위가 밝긴 했지만, 곧 소나기가 오려는 듯 눅눅한 냄새가 자자의 코를 스쳤다. 먹구름이 멀리서 몰려오고 있었다. 자자는 얼른 가게 안에 있던 화분들을 테라스로 내놓았다. 비가 식물들을 더욱 싱싱하고 푸릇푸릇하게 만들어줄 것이었다. 오슬로도 웅크렸던 몸을 일으켰다. 어제 악몽을 꿔서 그런지 몸이 더욱 늘어졌다.

"오늘따라 잠이 안 깨네. 아무래도 커피를 마셔야겠어."

평소 커피보다는 차를 많이 마시는 그였지만, 오늘만큼은 몰려오는 잠을 물리치기 위해 카페인의 힘을 빌리기로 했다. 물론 커피 역시 오슬로의 쏟아지는 잠을 완전히 막지는 못했다. 오슬로는 화장실에서 씻고 나와 체크무늬 잠옷에서 셔츠로 갈아입었다. 그러고는 주방으로 가서 향긋한 커피를 내렸다.

"오늘 아침으로 뭐 먹을래, 자자야?"

"샌드위치 먹을래요. 며칠 전에 만든 사과잼 발라서요!"

자자가 테라스에 방수 파라솔을 펼치러 가며 말했다. 오슬로는 식빵 양쪽에 사과잼을 얇게 펴발라 짭짤한 햄과 고소한 치즈, 아삭한 양상추까지 넣은 뒤 샌드위치를 완성했다. 어느새 곁으로 온 자자는 입맛을 다시고 있었다.

"얼른 먹어, 자자. 먹는 동안 내가 청소를 할게. 오늘 종일 비가 오려나? 커튼부터 바꿔야겠어."

자자는 이미 입에 샌드위치를 가득 넣고 맛있게 먹는 중이었다. 오슬로는 창고에 들어가 여러 커튼 사이에서 유독 빛나는 '꿀 커튼'을 골랐다. 자수로 한땀 한땀 만든 물건이었기에 오슬로는 이 커튼에 더욱 애정이 갔다. 오슬로는 유리창에 꿀 커튼을 단 뒤 만족스러운 미소를 지었다. 손님들이 앉는 의자와 테이블도 싹 닦고, 며칠 전 달빛시장에서 사 온 향긋한 방향제도 개시했다. 그사이 아침을 다 먹은 자자도 날개를 펼치고 함께 영업 준비를 도왔다. 팻말까지 바꾸자 첫번째 손님이 가게의 문을 열었다. 어디서 소문이 났는지 최근엔 방문하는 사람들 대부분이 꿀잠 선물 가게만의 불면 해결 방식에 대해 알고 왔다.

"어서 오세요, 꿀잠 선물 가게입니다."

오슬로가 밝은 미소로 손님을 맞이하며 가게의 영업이 시작되었다. 그와 동시에 토도독토도독, 빗방울이 유리 통창에 맺혔다. 비가 계속 올 모양이었다.

두번째 손님……

세번째 손님……

시간이 지나며 점차 비가 거세지고 번개도 쳤다. 네번째 손님까지 상담이 완료되자 벌써 오후 5시가 훌쩍 넘었다. 저녁이 다가오고 있었다.

"고맙습니다. 다음엔 집에서 푹 자고 올게요."

마지막 손님이 꿀잠 아이템을 가방에 넣고 하늘이 뚫린 듯 비가 쏟아지는 가게 밖으로 향했다.

"오늘 꽤 힘든 하루다. 이제 마무리해야겠어. 휴식이 필요해……"

"맞아요. 아직 시간이 남긴 했는데 이만 마쳐요. 쌀쌀한데 오랜만에 벽난로에 불을 좀 피울까요?"

"그러자. 일을 열심히 했으니 엄청나게 맛있는 저녁을 먹어야겠어. 기대해도 좋아, 자자! 얼른 팻말을 돌리고 들어올게."

저녁 식사 이야기에 갑자기 신난 오슬로는 아이스크림처럼 녹아내리던 몸을 벌떡 일으켰다. 언제 졸렸냐는 듯 콧노래를 부르며 가게 문을 여는 오슬로를 보며 자자도 싱긋 웃었다.

CLOSE

팻말을 돌리고 잠시 멍하게 비 내리는 풍경을 보던 오슬로의 눈에 저 멀리 흐릿한 하늘색 형체가 보였다.

'비안개가 자욱해서 잘 안 보이네. 사람인가?'

조금 가까워지자 하늘색 우산이라는 걸 알아볼 수 있었다. 그 아래로 익숙한 얼굴이 비쳤다.

정이안이었다. 오슬로는 심장이 두근거려 그대로 주저앉을 뻔했다.

"왜 그래요, 무슨 일 있어요?"

문을 박차고 들어온 오슬로를 보고 놀란 자자가 물었다. 오슬로의 귀가 새빨갰다.

"이안씨가 가게로 오고 있어. 내가 잘못 본 건 아니겠지?"

오슬로는 여기저기 빗방울이 튀어 촉촉해진 체크무늬 셔츠를 툭툭 털고는 창문으로 다가갔다. 저기 멀리서 하늘색 우산을 든 정이안이 산책로를 따라 가게로 다가오고 있었다. 다시 한번 그녀임을 확인한 오슬로는 창문에서 황급히 떨어져 가게 한가운데서 빙빙 돌았다. 1분 남짓이 마치 10분처럼 느껴졌다. 자자도 오슬로의 어깨에 앉아 날개를 파닥거렸다.

'부엉이는 용감해야 하는데 왜 갑자기 나까지 떨리는 거야!'

그때, 꿀잠 선물 가게의 문이 열렸다.

　보름달이 뜨는 날, 몸집이 커진 부엉이 자자에게 매달려 달빛시장에 가는 꿈을 꿨다. 반짝이는 것들 사이에서 가장 먼저 집은 것은 달콤하지만 쌉싸름한 맛이 맴도는 검은 꿀. 맛을 보려는 찰나, 눈이 떠졌다. 햇살이 밝은 아침이었다. 꿀잠 선물 가게의 두번째 이야기를 쓰는 동안 그 안으로 들어가 오슬로와 자자를 매일 보니 이젠 꿈에서도 가끔 그들이 나온다. 그럴 때면, 내가 지은 이야기처럼 자자가 정말 꿈속을 들여다보고 있는 기분이다. 자자는 망토를 두르고 조각조각 흩어진 꿈속 장면을 조용하고 신중하게 살핀다. 정말 영리한 녀석이다.

처음 이 이야기를 구상하면서는 내가 마음속으로 원하고 바라던 것들을 한곳에 모아놓은 기분이었다. 꿀잠을 선물하는 아늑하고 작은 곳은 상상만으로 위로가 되는 공간이자, 어딘가에 정말 존재했으면 하는 장소였다. 두번째 이야기를 쓰면서는 마음가짐이 달라졌다. 나만이 아닌 이제는 더 많은 사람이 필요로 하는 이야기를 담고 싶어졌다. 걱정과 고민, 외로움과 슬픔, 들떠 있는 감정과 지난날에 대한 후회…… 각자만의 이유로 밤을 하얗게 지새우는 때가 있다는 것을 알게 되었기 때문이다. 그런 이들에게 이 가게가 작은 위로가 될 수 있다면, 조금이라도 마음 놓고 따뜻한 밤을 맞이할 수 있다면 그것만으로 충분하다고 생각했다. 내가 상상하던 마법 같은 곳이 이제는 불면으로 힘들어하는 모두가 찾아올 수 있는 편안한 공간이 되면 좋겠다.

누구나 길을 잃을 수 있다. 고민이 깊어 잠들지 못하는 날들이 이어질 수도, 생각이 많아 두통이 심한 날도 있을 것이다. 그 길 한편에 포근함을 선물하는 가게가 있다면, 그리고 그 안에서 당신의 또다른 시작을 응원하는 따뜻한 존재가 있다면 그것만으로 그 밤이 조금은 덜 외롭지 않을까 생각한다.

이번 여정에도 함께해준 여러분들에게 깊이 감사드린다. 이 이야기가 독자분들이 잠들기 전, 혹은 잠에서 깨어난 순간 곁에 남아 작은 온기를 전할 수 있다면 더할 나위 없이 기쁠 것이다. 오슬로와 자자는 언젠가 또다른 꿈속에서 꿀잠 선물 가게를 열고 여러분을 기다리고 있을 것이다.

2025년 봄

박초은

꿀잠 선물 가게, 기적을 팝니다

초판 1쇄 발행 2025년 5월 23일

지은이 박초은
그린이 모차
펴낸이 염종선
기획·편집 창비 기획사업부
디자인 로컬앤드 이재희
조판 박아경
펴낸곳 토닥스토리
등록 1986년 8월 5일 제85호
주소 10881 경기도 파주시 회동길 184
전화 031-955-3333
팩시밀리 영업 031-955-3399 | 편집 031-955-3400
홈페이지 www.changbi.com
전자우편 plan@changbi.com

ⓒ 창비 2025
ISBN 978-89-364-3469-4 03810